A REALIDADE DEVIA SER PROIBIDA

A marca FSC® é a garantia de que a madeira utilizada na fabricação do papel deste livro provém de florestas que foram gerenciadas de maneira ambientalmente correta, socialmente justa e economicamente viável, além de outras fontes de origem controlada.

MARIA CLARA DRUMMOND

A realidade devia ser proibida

Copyright © 2015 by Maria Clara de Carvalho Drummond

Grafia atualizada segundo o Acordo Ortográfico da Língua Portuguesa de 1990, que entrou em vigor no Brasil em 2009.

Capa
Daniel Trench

Preparação
Leny Cordeiro

Revisão
Thaís Totino Richter
Luciana Baraldi

Os personagens e as situações desta obra são reais apenas no universo da ficção; não se referem a pessoas e fatos concretos, e não emitem opinião sobre eles.

Dados Internacionais de Catalogação na Publicação (CIP)
(Câmara Brasileira do Livro, SP, Brasil)

Drummond, Maria Clara
A realidade devia ser proibida / Maria Clara Drummond
— 1ª ed. — São Paulo: Companhia das Letras, 2015.

ISBN 978-85-359-2576-0

1. Romance brasileiro I. Título.

15-08376   CDD-869.3

Índice para catálogo sistemático:
1. Romance : Literatura brasileira   869.3

[2015]
Todos os direitos desta edição reservados à
EDITORA SCHWARCZ S.A.
Rua Bandeira Paulista, 702, cj. 32
04532-002 — São Paulo — SP
Telefone: (11) 3707-3500
Fax: (11) 3707-3501
www.companhiadasletras.com.br
www.blogdacompanhia.com.br

Para Eduardo

Quando me abandonei em ti,
eras pensamento.
                    Paul Celan

I

1.

Cheguei em casa e fui lavar o cabelo. EVA, gritou minha mãe por trás da porta, essa escova deveria durar mais três dias. O dinheiro está indo pelo ralo. Não respondi e liguei a música do celular a fim de abafar os protestos. Em outros tempos, se ainda morasse com ela, fecharia os olhos com força, talvez chorasse, e esperaria que a água corrente dissolvesse o estresse. Depois dos últimos doze meses, não.

Minha mãe comprava cerca de cinco revistas de moda todo mês. Aprendi inglês lendo reportagens sobre os Kennedy na *Vanity Fair*. Folheava aqueles editoriais clicados pela Annie Leibovitz que nem outros folheavam ilustrações de um livro infantil. Quando era bem pequena, desenhava autorretratos em que eu aparecia de olhos azuis e cabelos loiros e lisos. Durante a adolescência minha mãe me levava a todos os cabeleireiros da cidade para conseguir o alisamento mais perfeito. Nessa época, meu sonho já era poder deixar meus cabelos ruivos com os cachos livres, rebeldes e selvagens, mas era obrigada a prender o cabelo com elástico bem apertado para não deixar escapar o *frizz*. Eva, você não se penteia. Faz um rabo de cavalo, coloca gel e laquê pra ele ficar comportado. Fazia escova todo fim de semana desde novinha. O cabelo precisa estar domado. Nunca pude ir à praia aos sábados por causa disso.

Maquiagem todos os dias para esconder as sardas, até mesmo para ir à academia. Você nunca sabe quando vai encontrar o homem da sua vida, Eva, pode ser até na banca de jornal. E você fica sempre tão linda quando está produzida. Toda noite a bancada do meu banheiro era supervisionada para certificar-se de que os cremes ~caríssimos, minha filha, caríssimos~, estavam sendo usados. Se você continuar maltratada assim, seu marido vai te largar no primeiro dia. Vai me devolver a filhota. Nutricionista uma vez a cada dois meses, apesar da tímida barriguinha. Eva, você fica tão bonita magra. Cuidado para não engordar. Minha mãe voltava de viagem e trazia sapatilhas francesas e saias até o joelho. Não existe sapato mais pudico que sapatilha e minha mãe decerto sabia disso. Um dia deixei de almejar ser Audrey Hepburn. Um sonho: ser a Kate Moss. Casar com o Camus. Kate Moss e Albert Camus, casados, lindos de *trench coat*, ele fala coisas profundas mas não sei o que ela responde.

Pequenas neuroses que existem desde sempre. Na primeira infância, masturbações abortadas. Minha mãe chegava ao quarto e levantava as cobertas abruptamente para ver onde estava minha mão. Na pré-adolescência, censurava minhas fantasias sexuais, não raro orgiásticas, e substituía por orações. Voltava cedo das festas aos dezesseis anos. Nunca depois das duas da manhã. Minha mãe sempre com o faro atento para detectar qualquer indício de álcool na minha fala. No dia em que perdi a virgindade, cheguei em casa só ao meio-dia e fui recepcionada com o interrogatório: algum menino te viu nua!? Na minha mesa de cabeceira, pequenas estátuas de santos e anjos, um crucifixo de madeira, terços e rosários de toda espécie, de plástico e abençoados no santuário, ou de pedras preciosas, que um dia usaria, junto ao buquê, no meu casamento. Toda noite tirava tudo aquilo dali e guardava no armário de lençóis no corredor, mas dias depois eles estavam, novamente, reposicionados.

Antes de dormir repassava a série de slides mentais. Diálogos brilhantes tirados de uma peça de teatro, homens com corpos estreitos e muita barba vestidos com camisa jeans e calças justas, restaurantes intimistas, sexo, muito sexo com pessoas interessantes, algo introspectivas e com senso de humor, livros favoritos em comum e alguma loucura (qual?). Acordava com minha mãe entrando no quarto, batendo palmas e acendendo a luz às oito da manhã. Enfim consegui me livrar disso quando minha mãe se mudou para Toulouse, e fui viver na casa do meu pai. Isso só aconteceu aos dezoito anos.

Meu pai se casou com uma mulher rica quando eu ainda era bebê, mas sempre viveram em casas separadas. Enquanto nós moramos num apartamento pequeno abarrotado com seus livros e papéis velhos, sua mulher tem uma casa gigantesca só para ela e a filha do casamento anterior, Stephanie. Resquícios do divórcio milionário com o dono de uma grande construtora. Stephanie ~ama a arte~ porque cresceu com quadros do Vik Muniz nas paredes da sala de estar. Por isso, ela trabalha numa galeria especializada em fotografias cujo prédio foi desenhado por um arquiteto premiado. Stephanie acredita que a arte vai além da obra em si, abrange todo um *~artsy lifestyle~*, como ela gosta de dizer. Outro dia ela foi entrevistada por uma revista de moda e disse que seu grande sonho é ter um Jeff Koons, mas, enquanto isso não acontece, Stephanie inicia sua coleção de telas de Street Art que enfeitam seu quarto — seus próximos planos incluem uma obra de osgemeos. Mas eu gosto dela mesmo assim e somos bem próximas na medida do possível.

Por mais que a rotina na galeria demande tempo, Stephanie consegue toda semana espaço na agenda para fazer drenagem linfática e hidratação no cabelo. A roupa escolhida para cada dia de trabalho é pensada em detalhes — normalmente Stephanie tenta criar um diálogo com a exposição em cartaz na galeria, combinando cores e temas. Com o passar dos anos, Stephanie se tornou uma garota loira de cabelos lisos. É difícil conviver com o grupo de amigos da Stephanie, principalmente com Maria Isabel, que também se tornou uma garota loira de cabelos lisos. Se você olha as duas de longe e de costas, não consegue discernir qual é uma e qual é outra.

Maria Isabel percebe o quanto eu as julgo. Aquela mistura de amor e horror diante da blogueira de moda: parece sua Barbie preferida da infância. Quando tínhamos quinze anos, Stephanie disse que seu maior medo era perder sua condição financeira, porque não valia a pena viajar para Paris e não comer no L'Avenue. *Cuddling* de classes: abraçam a empregada negra que dorme no emprego, mas pedem para fazer o lanche às onze da noite. Amiga, vamos pra outro lugar, aqui só tem gente feia. Gente feia = gente pobre, mas negam até a morte. Nunca quis dizer isso, Eva, você está distorcendo o que eu digo.

Mas os detalhes doem. Como no dia em que viajamos para Trancoso, no Réveillon. O grupo de dez meninas ficou hospedado na casa de Stephanie. Logo vi que calculei mal o orçamento: no primeiro dia fomos beber caipirinhas e petiscar à beira da praia, mas sabe-se lá por qual motivo preferi ficar só na água com gás. Mais tarde, essa decisão mostrou-se um erro. Na hora da conta, dividiram tudo por igual: uma fortuna. Quando avisei timidamente que não havia comido nada nem bebido álcool, ouvi um sentou-sorriu-a-conta-dividiu da simpática Maria Isabel, que imediatamente depois sorriu amarelo com seus dentes clareados.

Trancoso é mais caro que Europa esta época do ano, Maria Isabel avisou, é melhor ir se preparando para gastar pelo menos... A única solução foi passar o resto dos dias sozinha, num canto afastado da praia, longe dos *lounges* que cobravam fortunas pelas cadeiras, bebendo água com gás e comendo batatas fritas, me martirizando por ter aceitado a viagem, por não ter pensado nos detalhes com antecedência, por ter sido e ser sempre tão boba. Trouxe na mala alguns desses livros que amaciam o ego se finalizados ou instagramados, mas acabei lendo a coleção de *Vanity Fair* que fica sob a mesa de centro da sala. Toda manhã, antes de me vestir para sair, olhava no espelho com estranheza: esta sou eu. Branca, pele de leite, pernas finas demais, cabelos indisciplinados, olhos tão pequenos que mal dá para ver o tom castanho da íris, nariz grande ou é só impressão?, não sei dizer. Nas fotos do celular de Maria Isabel eu sempre aparecia triste e estranha ao lado de meninas bronzeadas, saradas, sorrisos cheios de *gloss*, todas de vestido branco solto cheio de furinho e eu ali de tubinho azul-marinho na festa de Réveillon.

Na noite da virada obriguei-me a sair de casa. Durante a festa, Stephanie me apresentou a todo mundo que conhecia. A cicerone mais bem-intencionada do universo, declarou Maria Isabel. O esforço para me enturmar foi tanto que durante parte da noite Stephanie não saiu do meu lado, fazendo companhia e procurando assuntos amenos. Não adiantou muito. Passei o resto do tempo fumando na varanda, encostada numa pilastra, observando aquela gente toda. Um dia vou escrever um livro sobre essas pessoas. No fim da noite, conheci um cara. Era razoavelmente gato, parecia engraçado e gostava de cozinhar. Acabamos trocando uns beijos, mas não conseguimos conversar o suficiente para que formasse alguma opinião mais consistente a seu respeito. Assim que cheguei a São Paulo, recebi uma mensagem do rapaz. Em menos de cinco minutos de conversa ele me manda uma foto de seu novo ~brinquedo~: um Mini-Cooper verde-musgo. Obviamente não respondi mais suas mensagens e o bloqueei no aplicativo.

2.

Fica pronta em meia hora. Estou chegando aí pra te buscar pra uma festa. Manoel nem se deu ao trabalho de dar mais informações. Mandei uma gravação de áudio dizendo que precisava adiantar as leituras da minha monografia sobre *Os sofrimentos do jovem Werther*. Amiga, você só larga de ser Werther através da práxis, tá? Faz um cursinho intensivo comigo e tua monografia vai ser sobre Anaïs Nin, muito mais divertido que essa tua pira romântica & datada.

Era impossível alisar o cabelo direito em meia hora. Ainda estava de pijamão quando a campainha tocou. Presente, disse ele assim que abri a porta, me entregando uma pilha de livros da Anaïs Nin e do Henry Miller. Teu dever de casa é ler tudo isso até o fim do semestre. Vou te pedir resenha e trabalho de campo. Te prepara. Em seguida, Manoel se dirigiu diretamente para o closet para separar alguma roupa. Ele maquiou meus olhos com lápis e sombra bem escura, escolheu o sapato mais alto da prateleira e cortou uma camiseta preta ao meio que, junto com a calça jeans de cintura alta, deixava as costelas do estômago à mostra. Xuxu, eu te amo, mas esse cabelo está horrível. Mesmo longe da sua mãe você ainda segue as diretrizes capilares dela?! Molha de novo e deixa secar naturalmente enquanto eu preparo o beck e nossas vodcas tônicas na cozinha, *please*.

Três horas depois, chegamos ao antigo prédio ocupado pelos sem-teto onde seria a festa de música eletrônica. Na fila, Manoel me apresentou ao seu grupo de amigos da faculdade de artes plásticas, mas logo se reuniu com sua turma numa rodinha a poucos metros de distância de mim, me deixando sozinha. Um dos meninos perguntou alto: ela não vai querer MD, não?, e então Manoel me chamou para perto e sussurrou: isto daqui é melhor que terapia reichiana, você vai arrasar. E me deu um abraço e um beijo na testa.

A pista de dança tinha parede podre e algumas pessoas nuas cobertas de *glitter*. Enquanto dançávamos num grupo de oito garotos, Manoel aproveitou para ajeitar meu cabelo, moldando a juba farta e descontrolada que circundava minha cabeça. Deixa solto, menina, selvagem, leonino. Fica outra coisa assim, sexy. Sua mãe iria morrer se te visse. Então olhou nos meus olhos, pegou na minha cintura, me puxou para perto e elogiou a barriga de fora. Em seguida, encostou suavemente seus lábios nos meus para passar um pouco mais do MD que tinha acabado de tomar, mas depois virou a cabeça para beijar intensamente um dos rapazes do grupo. Outro aproveitou minha cintura livre para me entrelaçar num passo de dança. Manoel veio por trás para beijar este também. Sorriu para mim, que retribuí confiante. Nos abraçamos apertado por um bom tempo. Ele então pegou na minha mão e disse: vamos pegar uma bebida.

No bar, outro homem me abordou de uma forma diferente dos demais. Não era amigo do Manoel. Era hétero. Não veio pegando na minha cintura, mas sim tentando falar comigo pousando a mão suavemente no meu ombro. O nome dela é Eva e ela é inteligentíssima, disse Manoel. Ele sorriu: tinha um bom sorriso. Usava barba castanha. Enquanto conversávamos, percebi que ele era da minha altura, mas então me lembrei que estava com sapatos de salto. Ele me disse o nome dele, mas não ouvi e não perguntei de novo. Com o que você trabalha, ele perguntou polidamente com olhos de cachorro perdido. Eu faço estágio numa pequena produtora de cinema, na verdade eu escrevo roteiro para algumas webséries. Nesse momento, ele ganhou uma autoconfiança até então inédita, se posicionou bem na minha frente, aproximou-se até ficar a um palmo do meu rosto, olhou nos meus olhos, sorriu e disse: eu também trabalho com cinema, e também escrevo roteiros. Ainda com um leve desinteresse, perguntei: que legal, o que você faz? E então ele me contou sobre os filmes que tinha escrito. O último havia sido selecionado para o Festival de Cannes.

De repente eu estava numa sala escura, suja e vazia agarrada com força naquele corpo, com meu joelho e coxa pressionando o vão entre suas pernas. Desculpa. Eu esqueci o seu nome.

Davi.

Olhei para ele espantada, como se aquela resposta já significasse alguma coisa que poderia se tornar muito interessante. Suas feições e olhar perderam o aspecto canino e passivo para ganhar uma dimensão densa e algo intimidadora, mas antes que eu pudesse racionalizar essa impressão, seu rosto veio na direção da minha boca e me obrigou a fechar as pálpebras novamente e abafar qualquer palavra possível, enquanto acariciava meus peitos sem sutiã por baixo da blusa. Ficamos dessa forma por tempo indeterminado, e só fomos obrigados a mudar de posição quando Manoel veio avisar que estava indo embora. Não eram nem quatro da manhã. Acho que eu vou aproveitar sua carona e voltar com você, Manuca. Eis que Manoel sorri, coloca a mão na cintura, solta uma risada e diz: Ora. Eu enchi essa menina de MD. Vão foder, né? E vira as costas e vai embora.

Já a caminho de casa, Davi aproveitou o semáforo fechado para me beijar e tirar minha blusa. Cada carro que passava ao lado ou na direção contrária iluminava meus peitos à mostra de vermelho ou branco, de acordo com as luzes dos faróis. A alta velocidade e o vento frio violento que chegavam até mim através das janelas completamente abertas faziam meu cabelo não sair da frente do meu rosto e os pelos do meu braço permanecerem arrepiados. No segundo semáforo, aproveitei para tirar meu jeans e a calcinha. No terceiro e quarto semáforo ele abriu o zíper e eu fiz um rápido boquete, chegando a engasgar numa das vezes e continuando o procedimento mesmo com o carro em movimento, até eu ser obrigada a me levantar por causa de um leve susto durante uma fechada num cruzamento. Até chegar à minha casa, eu já estava completamente nua e tive que me vestir de novo para sair do carro enquanto procurávamos vaga.

Davi perguntou se eu morava sozinha; respondi que meu pai passava mais tempo na casa da minha madrasta. Ele passou os olhos pelas estantes da sala e parou na frente dos livros novos. Então você é especialista em Anaïs Nin e Henry Miller?, perguntou enquanto analisava um dos exemplares. *I wish*. Ganhei esses livros de um amigo hoje mesmo, mas só vou ler depois que entregar a monografia. Davi me olhou de cima dos degraus de madeira onde ficava a sala de jantar, em um plano um pouco superior ao resto do cômodo. Eu li alguma coisa do Henry Miller, mas gosto mesmo do Bataille. Eu devolvi os livros, deixados por ele na mesa de centro, para a estante, e lancei um olhar desconfiado. Um pouco *épater la bourgeoisie*, não?

Existe qualquer coisa de facilmente sedutora em ter uma conversa sobre literatura, assim, de primeira, com um completo estranho. É como ganhar na loteria, e na hora não importa que o prêmio talvez seja bem mixuruca, podendo até ser equiparado àqueles brindes de ações promocionais. É sempre uma alegria burguesa, *anyway*, estar em contato com ~a cultura~. Qualquer outro autor que ele tivesse citado teria o mesmo efeito sobre mim, gostando eu ou não dos livros mencionados, contanto que estivesse em determinado panteão privilegiado para que eu julgasse aquele rapaz da pista de dança um ~ser humano diferente dos demais~, dotado de uma aura especial, própria do *dropping names*, que conquista as almas mais impressionáveis.

Não gosta?, ele perguntou abrindo a calça. Eu dei uma risada, olha, não é questão exatamente de gosto, mas agora estou ressabiada de estar trancada em casa, seminua, com um fã de Bataille. Ele me pressionou contra a parede e apertou meu braço, e senti sua força em mim, de modo que por um minuto tive medo e pensei que talvez pudesse estar certa. Mas não era nada; e o medo passou. Não se preocupe que eu não sou nada violento na cama, no máximo uns tapinhas. Consensuais, sempre. Mas acho boboca você ter esse tipo de preconceito. A beleza da arte é poder ver algo interessante e bonito em coisas muito diferentes umas das outras. Ele disse isso sussurrando no meu ouvido ao mesmo tempo que me masturbava. No início, achei bizarro esse discurso no meio da masturbação, mas depois comecei a curtir e cheguei a perder o controle dos joelhos.

Ao longo da noite e da manhã seguinte, gastamos todas as camisinhas da gaveta do banheiro. Durante todo o tempo, ele me contava das suas experiências de filmagem, das passagens pelos festivais internacionais e dos filmes e livros que ele mais havia gostado, sempre com uma mini-interpretação levemente pedante, tudo isso misturado a algumas putarias e fantasias sexuais que ele gostava de narrar. Basicamente, ele não parava de falar. Mais de uma vez ele usou a palavra "putinha" para se referir a mim: o tom era de certa forma carinhoso, mas mesmo se tivesse sido de uma maneira mais *dirty* eu também teria gostado. Em dado momento, ele diz que acha que está apaixonado por mim, e que quer me levar para jantar naquela semana. Mas o que me fez considerar aquela a melhor noite de sexo da minha vida foi a droga, que fazia o toque do corpo alheio especialmente prazeroso, e não a declaração, que julguei como uma possível mentira, ou ao menos dessas coisas que tantas vezes já me falaram, no calor do momento, sem pensar nas consequências.

Assim que ele saiu de minha casa, encomendei todos os livros e filmes que ele havia mencionado.

3.

É fácil se apaixonar por alguém: é só encontrar qualquer pessoa minimamente interessante e o resto a gente inventa. Naqueles primeiros momentos, que podem durar meses, a rede simbólica e as representações no imaginário importam mais que a pessoa em si. As mil lacunas daquele semidesconhecido a serem desvendadas são estímulo para essa ficção que se cria a partir do encantamento. Julgamos o todo pela parte etc.

Se pudesse escolher apenas uma metáfora para a minha vida, seria esta: estou caminhando por uma linda paisagem de olhos fechados. Não importa quão bonito seja o entorno, minhas fantasias internas sempre são mais atraentes. A realidade por si só é assustadora. Existe uma quantidade infinita de coisas fora do controle que a todo momento ameaçam a ordem vigente. Uma tragédia pode acontecer e mudar tudo. Existe um momento muito doloroso no processo de análise. É quando você consegue identificar todas as autossabotagens que te impedem de seguir adiante, mas ainda não tem força/conhecimento suficiente para impedi-las. É uma sensação de impotência imensa.

De repente me percebo com esse tipo de pensamento. Se estou andando na rua, apresso o passo entusiasmada, atraindo olhares desconfiados dos demais transeuntes; se estou em casa, chego a me olhar no espelho para ver se estou bonita, e se for necessário me maquio e visto a camisola mais decotada e me sento no sofá da sala iluminada à meia-luz e penso que a paixão do momento está ali ao meu lado. São orgasmos mais extasiados que os que já tive com qualquer pessoa real em cima de mim. E dali, sentada na sala, para qualquer outro lugar de praia com meu corpo, agora ideal, modificado pelo Photoshop imaginário, ou mesmo dançando juntos na pista com as roupas mais bonitas que nunca tive. E nossas falas são sempre flertes inteligentes, somos *very witty* nós dois, sabe? Eu nunca fui tão feliz quanto naquelas fantasias, e nada mais será tão bom.

O problema dessas situações é que sempre chega um ponto em que já esgotei todas as possibilidades de encontros amorosos com tal pessoa na minha própria cabeça, e nada mais resta para o mundo real. É como se eu tivesse acesso àquelas realidades paralelas em que existem infinitas alternativas de mim mesma vivendo todas as minhas escolhas não feitas, como naquelas teorias quânticas sobre os mundos múltiplos. E muitas vezes, ao perceber isso, fico muito triste, mas chegou um momento em que eu consegui reverter isso a ponto de pensar como foi bom que essas fantasias existiram. Elas passaram a me prover uma quantidade suficiente de felicidade até me bastar. Mesmo porque, quando coisas extraordinárias acontecem, encontros de fato memoráveis na vida real, em geral estou tão perplexa que aquilo possa estar acontecendo que não consigo fruir de modo completo. Nessas ocasiões, o maior gozo é quando chego em casa e relembro aquelas sensações, incrementadas nesse momento posterior pelo gosto da fantasia no formato de memória.

Muitas vezes o mesmo cenário, figurino e falas eram repetidos a cada seis meses, mudando apenas o ator principal, de forma que não consigo lembrar quantas vezes fui à mesma praia, repeti as mesmas frases espirituosas e obtive as mesmas respostas e carícias. O mesmo homem sem defeitos, com atitudes cem por cento controladas por mim, igualzinho ao The Sims. Esse tempo todo me escapou um problema básico: se eu amo muitos em excesso, talvez nunca tenha amado ninguém, e aos poucos fui perdendo a capacidade de discernir um encontro de almas com um complemento qualquer arranjado às pressas. Modelos de caras que, fora da rede simbólica que eu lhes atribuía, não tinham nada a ver comigo.

Qualquer suposta profundidade a mais que o normal é o suficiente para intensos sentimentos de afeto, como aquela inesquecível corrida de táxi à noite com um rapaz apresentado por Stephanie meia hora antes, depois de uma abertura de exposição. Ele me confessou divertidamente, enquanto fumava pela janela do carro, que costuma passar todos os seus Réveillons dormindo. A trilha sonora que tocava no carro era música romântica dos anos 80, e se misturava às buzinas da hora do rush, às luzes da rua e dos carros ao anoitecer, à iluminação do parque Ibirapuera ao fundo, e ao vento que batia no meu cabelo pela janela aberta, fazendo os fios muitas vezes caírem sob meus olhos, atrapalhando a vista do boy. Essa simples informação me encheu de ternura, e parecia valer mais que toda uma biografia detalhada; ou ainda horas ou dias de conversas confessionais. Era como se fosse a dica de uma personalidade fascinante, misteriosa e algo blasé, e foi o suficiente para eu julgar aquele ser humano como o mais maravilhoso de São Paulo.

Só consigo conceber o homem por quem estou apaixonada em duas ocasiões: quando ele interage comigo ou nas situações que criei na minha imaginação. Fora disso não há vida possível para ele: não tem família, não se estressa com o trabalho, não se ocupa com os amigos, não se interessa por mim, mas também por nenhuma outra mulher. Em suma, é como se ele não existisse neste mundo terreno. É apenas um molde, com duas ou três características reais que dão início a todo o resto da criação.

Por isso, no encontro seguinte, logo em seguida ao encantamento, todas aquelas hipóteses vivenciadas na minha imaginação voltam à tona, ali, in loco. As duas coisas então convivem paralelas, a exuberância da fantasia versus a banalidade do real. O misto de decepção com a adrenalina do devaneio ainda vivo, em ebulição no mesmo momento em que falo com ele, me paralisa a ponto de eu parecer a pessoa mais estranha do mundo. Seja como for, a fantasia atropela a realidade até anulá-la para reinar sozinha, sem competição acirrada, embora não houvesse dúvida de que o jogo estava ganho desde o princípio.

Todavia, a decepção é esperada. Simultânea a esses cenários idílicos existe a constatação de que não, a vida não é assim, pode ir tirando seu cavalinho da chuva. E nesse momento olho pela janela do ônibus e as pessoas parecem pequeninas lá embaixo, fazendo compras de materiais de construção na Teodoro Sampaio, ao mesmo tempo que começa a tocar no meu fone de ouvido a trilha sonora de *Buena Vista Social Club*. E em seguida surge uma ideia de futuro em que eu me arrasto pela vida inerte e solitária, em que minha única alegria seria a comida, e essa comida me faz gorda, suando na cama desfeita, o quarto bagunçado, no calor seco do verão paulistano. De repente, podem ter uns gatos vira-latas que fazem xixi perto da cama, sempre tem gatos nessas horas: a louca solitária dos gatos é um clássico. O medo de que isso possa se concretizar se torna minha maior fonte de sofrimento, como se, no intuito de me preparar para a queda, antecipasse a dor em forma de pessimismo exagerado, tentando contrabalançar os dois extremos de forma desastrada.

É engraçado porque tanto as fantasias felizes quanto as tristes são prêt-à-porter, já vêm prontas, não foram criadas por mim, não são personalizadas, e sim parecem sonhos e pesadelos coletivos, como aquelas fotos que já vêm nos porta-retratos que ficam no mostruário da loja. Uma imagem que poderia ser a propaganda moderninha que estampa as páginas de alguma revista de moda conceitual. Mas faz diferença que tipo de propaganda é, clássica ou arrojada? Chega o momento em que não sei mais discernir o que é um sentimento real ou uma versão moldada por publicidades. É como se nem mesmo a minha imaginação me pertencesse.

Tem aquelas teorias que dizem que, sempre quando nos relacionamos com alguém, nos relacionamos com nós mesmos. E todo relacionamento seria uma projeção no outro do que nos interessa. Nesse caso, meu comportamento nada mais é que uma exacerbação do que acontece com todo mundo. Mas relacionamentos também são química, afinidades eletivas, deve existir alguma brecha no narcisismo para a comunhão verdadeira que eu ainda não consegui encontrar.

Assim, coleciono microcosmos de relações que tomei por relações inteiras, que sofri como se fossem relações inteiras, e que, olhando em retrospecto, sinto como se os precursores jamais tivessem existido, nem sequer lembro o sentimento que eu nutria e talvez isso aconteça porque nada mais eram que hologramas de sentimento que já se dissolveram no ar. Amo há muitos anos a mesma pessoa que muda de nome e endereço, de face e trejeitos, mas nela permanece apenas alguma espécie de essência imutável. ~Ele faz o meu tipo~. E algumas pessoas se encaixam melhor ou pior. As informações e acontecimentos reais moldam as fantasias, de forma que vou adaptando-o a meu bel-prazer aos diferentes corpos que ele habita e, abandonado quando de validade vencida, derrete em sua fôrma de aço.

4.

Ouvi meu celular apitar do banheiro e achei que era o táxi chegando, mas não era. Davi havia me adicionado no Facebook. Alguns segundos depois era o táxi; me atrapalhei e aceitei o pedido de amizade sem espaço para nenhum mistério premeditado. Encharquei o cabelo preso no rabo de cavalo com laquê, penteei novamente para abaixar os fios novos em forma de *frizz*, peguei minha bolsa e fui para a casa de Stephanie, que fazia aniversário.

Maria Isabel remexia dentro dos armários e jogava tudo em cima da cama. Em pouco tempo as peças se amontoavam tanto que não sobrava espaço sequer para mim, sentada na cabeceira, e tive que sair antes de ser atingida na cara por uma blusa de seda. Usa esse moletom Givenchy, essa calça de couro e a bolsa Chanel amarela. Vai ficar supercool. Elas usavam salto alto e tinham feito escova no cabeleireiro enquanto eu usava somente corretivo e protetor labial; por mais que fosse apenas um jantar num restaurante italiano, era como se eu tivesse errado drasticamente o *dress code* de algum evento importante. Sentei-me numa cadeira baixa perto na janela e entrei no Facebook no celular para ver se tinha algum amigo em comum com Davi. Sem levantar os olhos da tela, disse: transei com um cara ontem.

 Você está saindo com um cara e nem me contou?, perguntou Stephanie distraidamente enquanto passava delineador nos olhos. Não, conheci ele ontem mesmo, na festa com os amigos do Manoel. Mas era um flerte antigo? Você já sabia quem ele era?, continuou como se já soubesse da resposta: claro que sim. Se fosse um flerte de Instagram talvez perdoassem ~loucuras~ do tipo. Então, na verdade eu até só soube o nome dele depois que já tínhamos nos beijado. Maria Isabel sentou em frente ao computador e disse: você é louca de levar um cara que você não conhece pra sua casa. Ele podia ter te estuprado ou assassinado. Espero que você tenha usado camisinha. Não vai ficar grávida ou pegar DST de um aleatório.

 Ele não é um aleatório. Ele é um cineasta premiado, muito elogiado, um talento promissor. Os filmes dele passam em Cannes e Sundance. Minha voz ficava estridente toda vez que eu era confrontada. Gata, não seja por isso, o que mais tem é cineasta premiado acusado de abuso sexual, disse Maria Isabel, se você tivesse desistido de transar no último momento você estaria trancada em casa com um desconhecido mais forte que você. Aí fodeu. Por isso só faço sexo com quem, no mínimo, me convidou para jantar algumas vezes. Mas vamos ver qual é a desse cara. Maria Isabel se endireitou na cadeira e digitou o nome completo dele no Google. Ah, o filme que passou em Cannes e Sundance é um curta, Eva. Não é um filme de verdade. Mas é gatinho. Acho até que a revista já fez uma matéria ou nota sobre ele. Vamos ver o Facebook: é amigo da Alexia. Na verdade, já sei quem ele é. É um cara que a Alexia pegava e que vivia atrás dela.

Durante a meia hora que se passou entre as primeiras pesquisas no Google, Facebook, Instagram, YouTube e IMDb e o momento em que a gente saiu de casa, conseguimos descobrir: Davi era supostamente apaixonado pela Alexia, garota estonteantemente linda que estudou com Maria Isabel em Londres e é *mezzo* fotógrafa, *mezzo* socialite; é amigo do Julio, que, segundo Maria Isabel, é um ~drogadito~ que namorava o diretor de redação da revista que ela trabalha; namora ou namorava Marina, atriz que participou do primeiro filme dele — talvez morem juntos/sejam casados. Conseguimos também assistir o trailer dos dois filmes que ele mencionou e também o trailer do filme em que ele foi primeiro assistente de direção do Valter Hugo, que foi considerado um dos melhores filmes brasileiros daquele ano e quase concorreu ao Oscar.

Finalizada a investigação, pensei: se Manoel não tivesse ido até minha casa e me obrigado a me arrumar direito, eu jamais teria uma chance com um cara desses; ainda bem que eu não sabia de todas essas qualidades antes, caso contrário eu iria ensaiar todos os meus comentários ao falar com ele, consequentemente ficaria tensa e arruinaria tudo; será que o MD ajudou na minha autoconfiança? Afinal, eu nunca havia me sentido tão bem e confortável comigo mesma transando com alguém.

No táxi a caminho do restaurante, Maria Isabel comentou: mas sabe, por mais bem-sucedido que esse Davi aparente ser, me pergunto se essa gente realmente ganha dinheiro, pelo menos pra sustentar a mulher quando casar. Porque meu salário é ínfimo, só dá mesmo para pagar as minhas coisas, eu nem cogitaria namorar um cara que não ganhasse o suficiente pra poder esquiar no Carnaval. Stephanie contestou: olha, eu realmente não acho que precise ser rico desde tão jovem. O importante é o homem ser ambicioso para um dia conseguir pôr os filhos em uma boa escola, porque importante mesmo é a educação dos filhos, não a viagem a Aspen. Não participei da conversa para evitar polêmicas e situações desagradáveis, principalmente depois de ouvir Maria Isabel dizer: casamento não é paixão, é qualidade de vida. Quando chegamos ao restaurante me sentei na cabeceira da mesa e conversei a noite inteira com uma das amigas da Stephanie sobre os filmes que estão concorrendo ao Oscar e os restaurantes japoneses chiques do Itaim.

5.

Conheci Pedro Henrique Andrade no almoço de aniversário de Maria Isabel. Ela morava numa casa no Jardim Europa com arquitetura levemente neoclássica, ciprestes na entrada e móveis de ferro retorcido no jardim. Dentro da sala de estar pintada de amarelinho havia muitos tapetes persas já desgastados pelo tempo e cadeiras Luís XV em pátina forradas com tecido floral de tons pastel. Achei que fosse conhecer os demais convidados, mas não.

Maria Isabel só se dispôs a conversar comigo por menos de cinco minutos, perguntando como estava a viagem de Stephanie para Miami. Meu sonho é conhecer o Wynwood Arts District. Acho muito importante a democratização da arte pelo grafite. Sem saber o que dizer, concordei, querendo ouvir mais das suas opiniões sobre o assunto. Decidi trabalhar com moda quando comecei a me interessar por arte; acho que a roupa que a gente compra é como se fosse uma obra que vestimos, afinal, ninguém nega que Karl Lagerfeld é um artista.

Infelizmente, nunca tenho com quem comentar esse tipo de diálogo. A última coisa que Maria Isabel disse, antes de correr atrás do garçom para mais uma tacinha de champanhe, é como a terapia a ajuda na maneira como ela se veste: a moda nada mais é que a expressão do que você realmente é, sem tabus, então o autoconhecimento é crucial na hora de montar o look. Quando ela disse isso, fiquei parada um tempo, um tanto perplexa, digerindo essas pílulas de sabedoria, e, quando me entediei, encostei na porta que levava à varanda, acendi um cigarro e fiquei ali parada.

Gostei da sua cara, posso saber seu nome?, perguntou Pedro Henrique Andrade, que parecia se encaminhar para o jardim até parar abruptamente na minha frente, me encarando com uma expressão de curiosidade. E, quase como se adivinhasse meus pensamentos, disse: Aposto que você está analisando a festinha, mil observações, com esse seu distanciamento irônico... Mas quando não tem ninguém do lado pra comentar é meio chato, não?

Que pauta então você sugere? Eu proponho discutir o presente de aniversário da Maria Isabel: o colar de brilhantes com medalha de Nossa Senhora. Por dois segundos achei um pouco arriscado propor um assunto desses, sem saber se ele tinha uma irmã ou mãe que usasse tais joias, mas foda-se.

Me fascinava esse mix de religiosidade e materialismo, com foco apenas em "o que pedires em oração, crendo, o recebereis", e nada de "é mais fácil um camelo entrar pelo buraco de uma agulha que um rico no reino dos céus". Religiosidade como consumo e moeda de troca, vestidos de seda caríssimos com estampas de santos como forma de demonstrar devoção, joias com medalhas que custavam mais de quatro ou cinco dígitos, idas à missa com bolsas e sapatilhas grifadas e cheias de logomarcas, reuniões diárias para rezar o terço pedindo aos céus pela absolvição do pai da Maria Isabel, acusado de lavagem de dinheiro num escândalo recente do governo estadual.

E então ele deu a resposta que enfim despertaria minha atenção: Ora, é a religiosidade-ostentação. Cadê a teologia da libertação quando a gente precisa dela?

Conversamos a tarde inteira, sentados lado a lado no sofá e mal encostando no picadinho que cobria parcialmente os pratos estampados Vista Alegre. Ele não quis me dizer, ao menos num primeiro momento, o que fazia da vida, mas quando perguntei, algum tempo mais tarde, de onde ele conhecia Maria Isabel, ele olhou para baixo e confessou: nossas mães têm um blog de moda. São melhores amigas. Mas não me identifico com o universo da minha família.

Assim que disse isso, Pedro Henrique se levantou sem falar nada e foi em direção ao jardim, até parar em frente da piscina e acender um cigarro. Eu fiquei no sofá, vendo a cena de longe. O céu tinha aqueles tons de azul-marinho das seis da tarde e as luzes dos poucos prédios ao redor da casa já estavam todas acesas. O aniversário começava a se esvaziar. Ele estava sozinho no jardim imenso e pouco iluminado, de forma que eu só conseguia ver sua silhueta. Pedro Henrique era bem alto e magro, pele branca, sem barba, olhos azuis e cabelo liso e preto cortado curto. Não saberia dizer se ele era atraente. Alguns minutos depois ele voltou, parou na minha frente e disse: Eu vou embora agora. Mas se você quiser a gente pode ir ao italiano novo, que é aqui perto, beber um vinho ou comer uma *bruschetta*.

Eu fui. O restaurante ainda estava vazio, fomos os primeiros a sentar e por isso conseguimos uma das poucas mesas à luz de velas do pátio interno ao redor de uma enorme árvore. Ele acabou me dizendo que trabalhava no banco do pai da Maria Isabel. Mas odeio o mercado financeiro com todas as minhas forças, disse. É um ambiente muito machista e homofóbico, sem espaço nenhum para sensibilidade, juro por Deus, não é lenda. São inteligentes só na hora de ganhar dinheiro. Tô ligada, respondi, mas acho que esses caras que escrevem longos ensaios sobre direitos humanos são na verdade uns machistas no armário. Pelo menos essa turminha do *private equity* tem o benefício da ignorância.

Segundo Pedro Henrique, o que ainda o mantinha naquele banco era a intenção de juntar dinheiro para no futuro trabalhar com cinema, já que seus pais não bancariam aquela aventura. Comecei a me interessar por arte porque eu sofria muito durante a adolescência, disse ele, mas o pontapé inicial aconteceu mesmo quando li *Assim falou Zaratustra* pela primeira vez, aos dezoito anos. Meu Deus, esse livro funciona quase como um livro de autoajuda para mim. Uma página é o suficiente para eu refletir por dias. Eu o releio ao menos uma vez por ano. Pedro Henrique fez uma pausa e olhou para suas mãos ocupadas em esfarelar a *focaccia* do couvert. Quando eu quis saber mais sobre sua relação com Zaratustra, ele bebeu de uma só vez o resto do vinho em sua taça e disse, constrangido: não vamos falar disso, eu não sei me expressar bem o suficiente para descrever a influência de Zaratustra sobre mim. E novamente sem anunciar que faria isso, levantou-se depressa, pegou o maço de cigarros e foi até a entrada do restaurante fumar.

Durante todo o jantar, que durou mais de duas horas, ele não fez nenhum movimento corporal na minha direção, mas quando foi me deixar em casa, segurou minha mão e me beijou. Antes de dormir, fui checar meu celular e ele havia mandado uma mensagem de texto perguntando se eu gostaria de repetir o programa no dia seguinte.

Acordei naquela segunda-feira menstruada. Estranho, porque a data certa seria só dali a duas semanas. Dessa forma, não pude me depilar, passei a semana inteira inchada e com celulites que só dão sinal de vida uma vez ao mês, uma espinha nasceu na minha bochecha, me obrigando a usar três camadas de base, e como consequência disso tudo não fiz sexo com Pedro Henrique em nenhum dos cinco dias seguidos em que jantamos fora.

Mesmo assim, depois de passar a madrugada inteira conversando no telefone, e observando, através das frestas da persiana, a luminosidade emergir cada vez mais até o ponto de o quarto inteiro ganhar a tonalidade azul-clara das seis da manhã, recebo o convite de passar aquele fim de semana na sua casa de praia em Laranjeiras. É uma casa envidraçada linda, havia me dito Stephanie, já saiu até na *Architectural Digest*. Quando ela me falou isso, poucos dias depois de eu o ter conhecido, procurei imediatamente no Google, mas não consegui encontrar no arquivo on-line da revista. Estou pensando em passar o fim de semana para ver os cachorros, disse Pedro Henrique, não consigo ficar muito tempo longe deles. Você vai gostar: a gente pode passear de barco ou quem sabe jantar em algum restaurante em Paraty. Inclusive acho que é esse fim de semana que rola aquele festival de jazz no centro histórico que parece que é ótimo.

Até então Pedro Henrique só havia me visto de saias longas e jaquetas *bikers* e, no máximo, havia aberto os botões da minha camisa jeans sem tirá-la por completo, deixando apenas o vislumbre dos meus seios perfeitamente emoldurados pelo sutiã *push-up*. Nesse único momento de erotismo dentro do carro apagado, numa vaga escondida entre as árvores de uma ruazinha qualquer de Pinheiros, ele fez seu grande gesto de ousadia e encaixou seu rosto no meu peito almofadado e seus beijos foram fazendo o caminho de subida, passando rápido demais pelo pescoço até chegar à boca para então, depois de um beijo passional, me abraçar apertado e finalizar com um estalinho no topo da minha cabeça.

A ideia de passar três dias com um cara, muito querido, com quem eu nem havia feito sexo, me pareceu assustadora. E se fosse ruim? Se fosse esse o caso, com certeza seria constrangedor nos dias seguintes. De súbito surgiu o medo de expor a depilação malfeita, as manchas na pele, o possível bronzeado, na verdade apenas vermelhidão, que fatalmente estará cheio de dedos de protetor solar mal aplicado, o cabelo estragado pela maresia sem nenhum cabeleireiro por perto para dar um jeito ou ter então que me submeter ao ridículo de levar um secador, esse trambolho, na mala, e passar horas no banheiro alisando o cabelo, quando tudo que uma mulher precisa nesse momento, nesse tipo de viagem, é ser a garota *Trip*, meio hippie meio gostosa, que já nasceu assim, linda, toma suco verde feito em casa e come orgânicos, mas acha dieta um saco, muito mimimi essa coisa de contar calorias, sabe? Não tem pancinha nenhuma, é só comer um brócolis de vez em quando que tá tudo certo. Ou seja, meu pior eu, logo assim, de cara.

Quando é bem de manhãzinha, e a luz do sol tem sua luminosidade mais cruel por conta do contraste com a noite que acabou de morrer, eu ponho os óculos de grau, usado só em emergências, e procuro pelos escondidos por toda a metragem da minha pele, que por acaso passaram incólumes na depilação. De vez em quando acho um fiapo, até grande, no meio da bochecha ou próximo ao peito. Ando com uma pinça na bolsa para o caso de vislumbrar um desses solitários em lugares ermos do corpo, durante o expediente no trabalho, ou num domingo de almoços com *clericot* seguidos de exposição. A possibilidade de meus defeitos estarem à mostra me expõe ao ridículo da imperfeição humana, e somente essa ideia me dói mais que qualquer coisa.

Nas minhas fantasias, eu não sou eu e sim uma outra pessoa, uma mulher que varia de corpo, ora mais magro estilo top-model-tamanho-zero-triplo ou o mais voluptuoso estilo playboy; e de bronzeado (dourado ou moreno?), cor de cabelo, formato de boca (carnuda ou bem desenhada?). É frequente que eu perca mais tempo imaginando essa outra opção de Eva que fantasiando o cara em si, que não tem nenhum formato de rosto e corpo específico, e sim gestos, atitude e conversa capazes de me seduzir mais que qualquer combo de queixo quadrado, + ombros largos, + barriga em gomos etc. etc.

O objetivo não é encontrar o cara ideal, é me transformar numa mulher plástica e perfeita, para talvez, mesmo durante aqueles segundos que ocupam a mente antes do adormecer, eu possa fingir ser uma Kate Moss photoshopada das páginas da revista.

Eu quero ser alguém, eu quero ter valor, mas esse valor só existe caso eu seja um objeto muito belo, então é isso que eu quero ser. Preciso correr contra o tempo, preciso me esforçar muito para isso, preciso de foco e sacrifício. Eu envelheço, e a cada dia fica mais difícil a manutenção, e em alguns anos serei apenas uma velha sem uso. E todo mundo joga os objetos velhos no lixo. Aí eu terei que me aposentar da vida, talvez numa casa fria na serra, ou num apartamento em Copacabana, junto com todos os outros velhos, enquanto espero a morte vir me buscar.

II

6.

Às vezes algum jornal ou revista publica uma dessas reportagens como-vivem-os-ricos, com um personagem bem caricato, que é a alegria do contador de *pageviews*. Sempre quando leio uma dessas matérias penso que, se eu escrevesse um relato dos meus anos de convivência com as pessoas com quem eu cresci, me acusariam de estar sendo exagerada ou fazendo caricaturas inverossímeis.

Duas mulheres ricas, loiras e grifadas, e que ostentam seu estilo de vida em blogs e redes sociais: uma é a nouveau riche cafona, outra, de família quatrocentona, ícone de estilo das revistas. O comportamento e a estética são idênticos, mas a chacota é exclusiva na direção da primeira, que, mesmo tendo vencido na famigerada meritocracia, permanece fora do círculo de aceitação. Normalmente o discurso que legitima esse modus operandi é que, por terem berço, são bem-educadas, tratam os outros bem, incluindo, é lógico, os empregados que são ~quase da família~, mesmo usando uniformes para delimitar as diferenças, mas basta adentrar minimamente suas vidas para perceber como isso é apenas mais uma falácia.

E quando leem tais matérias, riem do ridículo do personagem, sem perceber que a área VIP que frequentam às quintas-feiras é a mesma, ou ao menos, similar. As aspas caricatas são ditas apenas entre iguais, a portas fechadas, jamais com um jornalista por perto.

Como as vezes em que a mãe de Stephanie comparava famílias. Ele é de família quatrocentona, mas casou-se com uma mulher loirinha-bonitinha que é apenas de classe média imigrante, dizia, a avó devia ser uma austríaca da aldeia. Toda uma hierarquia de sobrenomes. Aos dezessete anos Stephanie passou por uma crise e, confusa, perguntou ao pai se era justo que tivesse uma vida tão privilegiada enquanto tantos outros mal tinham o que comer. Ele então a chamou no seu escritório com paredes forradas de madeira e livros comprados a metro e disse: minha filha, Deus fez as marias-sem-vergonha e as palmeiras imperiais. Faz parte da dinâmica do mundo.

Em relação aos amigos banqueiros e empresários que participaram de algum escândalo de corrupção, a afirmação é sempre a mesma: mas é um amor de pessoa! Em seguida, comentam com desprezo e revolta as irregularidades dos governos de esquerda no poder. Queixam-se da falta de preparo e do populismo. Maria Isabel se lamuriando que seu celular havia sido grampeado e como era um absurdo que seu pai tenha sido capa de revistas semanais. Foi nessa época que conheceu seu último namorado, cuja mãe é uma senadora dessas oligarquias nordestinas constantemente envolvidas em escândalos de desvios de verba. Identificaram-se imediatamente. Quando a irmã dele se casou, com uma festa para mil convidados e apresentação de um DJ francês, um grupo de cem pessoas fez uma manifestação pacífica na porta do hotel de luxo até um dos convidados atirar um cinzeiro de Murano na cabeça de um dos manifestantes, que precisou ir às pressas para um hospital público levar quinze pontos na testa. Um absurdo, disse Maria Isabel, esses vândalos, essa horda viciada em vinagre, estragar o dia mais feliz da vida de toda mulher, um sacramento sagrado!

Naquele dia eu havia decidido acompanhá-las sem medo nas sangrias, e então peguei minha taça, bebi o restinho de vinho entre as frutas, e disse peralá, dia mais feliz da vida de toda mulher não, falar isso é jogar anos de feminismo no lixo. Assim que terminei meu discurso, Bruno, então namorado de Stephanie, resmungou inocentemente que mulher feminista não era sexy. Nesse dia, ele pagou a conta do jantar para as cinco meninas presentes na mesa.

A partir daí passei a antipatizar com Bruno de maneira brutal, de forma que quando Stephanie passou a ter dúvidas se continuava ou não com ele, meus argumentos foram fundamentais para sua decisão. E foi por isso que naquele sábado, com os pés balançando na água da piscina da casa de Stephanie, senti um desconforto tão grande quando ela, deitada na espreguiçadeira com uma camiseta branca na cara para não pegar sol e segurando um copo de Aperol Spritz decorado com uma laranja e um canudinho, disse: por mais que eu tenha passado seis meses preferindo assistir reprise de Friends a sair com Bruno, às vezes me arrependo de ter terminado com ele. É tão difícil achar um cara realmente monogâmico.

Seria inútil fazer algum questionamento à monogamia ou crítica à normatividade em relacionamentos: as meninas ali presentes apenas iriam levantar seus imensos óculos escuros monogramados, expondo seus olhos incrédulos na minha direção. E eu nem teria exemplos da minha vida pessoal para provar meu ponto. Deslizei então para dentro d'água e, enquanto nadava naquela imensa piscina azul-marinho, constatei com culpa que todos os caras com quem Stephanie se envolveu posteriormente eram bem piores, em todos os aspectos, que Bruno.

Abri os olhos submersa assim que percebi como eu transferia meus principais medos e desejos para a vida de Stephanie, ignorando completamente nossas abismais diferenças. Numa jogada neurótica e algo perversa da minha mente, relembrei nosso almoço do dia anterior. Eu havia lhe confessado que finalmente encontrei alguém com quem eu podia dialogar sem medo de mostrar minhas fragilidades. Pedro Henrique é inteligentíssimo, disse Stephanie, um dos meninos mais legais e sensíveis que conheço.

A partir dessa lembrança, me vieram à mente, como num *slideshow* de Powerpoint, todos os caras que frequentavam o círculo social de Stephanie, para então constatar que ser um dos meninos mais inteligentes e sensíveis no meio daquele elenco não era lá grande coisa. De repente, tudo começou a me irritar: o indefectível conjunto de camisa azul-clara com as iniciais bordadas no bolso combinada com calça bege, uniforme oficial dos meninos do mercado financeiro, a sexualidade constrangedoramente conservadora, o deslumbre com os cinco livros que leu na vida, a mania de perguntar o sobrenome de todas as pessoas a quem eu me referia como se fosse óbvio que ele conhecesse, e como se fosse óbvio que elas seriam parte de determinado meio, as opiniões políticas ingênuas, o classismo velado e inconsciente, que me faziam sentir como se eu estivesse falando com uma criança criada numa bolha.

Todos esses pensamentos surgiram embaixo d'água num milésimo de segundo, e me senti claustrofóbica. Mesmo assim, continuei ali. Se eu subisse à superfície, teria que voltar para a conversa nas espreguiçadeiras, para a mesa de microssanduíches preparados pela empregada de uniforme engomado, para os julgamentos que eu fazia a cada fala daquelas meninas, para a minha inadequação que me fazia sentir como se a cada fala minha elas me julgassem, em resumo, teria que voltar à vida, e simplesmente não valia a pena. Mas acabei ficando sem ar e tive que subir, e o fiz de modo tão rápido e abrupto que fiquei com dor de cabeça momentânea.

Corri com as costas curvadas até a toalha a fim de esconder minha barriga saliente e branca. Penteei o cabelo todo para trás e o prendi com um prendedor para que secasse coeso e não armado, vesti a camisa branca correndo e fui em direção à área de serviço onde já havia avistado Nelson, o golden retriever. Ele parecia genuinamente contente em me ver. Foi no meio de um longo abraço que senti o celular no bolso da minha camisa tremer e tocar alto, de modo que Nelson levou um susto e deu um pulo para trás. Sentei-me no sofá da varanda da frente, que ainda era razoavelmente distante da piscina, para ver quem havia me mandado mensagem, e para minha surpresa era Davi me chamando no chat do Facebook. Fazia dois meses que não tinha nenhuma notícia dele.

O recado era apenas uma carinha sorridente, que ficou me olhando marota por alguns minutos. Antes que eu respondesse qualquer coisa, me enviou o link que, pelo endereço, parecia uma entrevista do Henry Miller para a *Paris Review*. Estava relendo essa entrevista outro dia e me lembrei de você, escreveu. Surpresa e animada com essa demonstração súbita de interesse, subi até o corredor dos quartos, onde um desktop velho ficava à disposição das visitas, e loguei na minha conta. O corredor era escuro, frio e sem janelas. A princípio, a ideia de ficar ali durante a tarde inteira sem ver a luz do sol, apenas com a iluminação fria da tela, poderia parecer bem triste, mas as respostas espirituosas que vieram a seguir, sempre no timing perfeito, fizeram com que eu me sentisse numa peça de teatro oscarwildiana. Muito bom, escrevi assim que li o artigo, mas ainda nem comecei nenhum daqueles livros. Porém desconfio que em breve eu almeje ser a Anaïs Nin. Rapidamente, como pede todo diálogo *witty* que se preze, Davi respondeu: nesse caso, eu poderia ser o Henry Miller?

Conversamos por duas horas. Ao contrário das conversas com Pedro Henrique, que se alongavam para sempre, sozinhas e livres, sem precisarem de dados factuais para pontuar os assuntos e sem necessidade de novidades e polêmicas, Davi fazia questão de rechear cada comentário com referências de livros e filmes, de forma que mais de uma vez fui obrigada a procurar no Google para entender do que se tratava aquela comparação. Como um maestro habilidoso, Davi escolhia a trilha sonora para cada conversa, e conseguia, por meio apenas de palavras, nos transportar para determinado cenário que ele gostava de descrever. Imagina que a gente está numa praia. E você está usando só a parte de baixo do biquíni com uma camisa social masculina branca e aberta. Estamos juntos na areia, bem perto do mar. Finalmente você tira também a parte de baixo do biquíni, escreveu ele. Logo captei o ritmo da brincadeira. Peloamordedeus, Davi. Isso é muito aquele videoclipe *Wicked Game*. Vamos para um cenário urbano, *please*? Estamos em um baile à fantasia em uma grande cidade europeia. Estou fantasiada de homem: uma *legging* de couro, um blazer justo e decotado sem nada por baixo, uma gravata-borboleta e uma sandália minimalista de salto agulha altíssimo, um chapéu ou uma máscara. Bem fetichista, meio Helmut Newton, meio Carine Roitfeld, meio Yves Saint Laurent, sugeri. E me conta, continuou ele, que tipo de fetiche você curte?

Durante aquelas semanas, Davi conseguiu superar a atmosfera asséptica de duas pessoas sentadas em frente ao computador em bairros distantes da cidade, provavelmente vestidas em roupas desleixadas num escritório caseiro bagunçado, em direção ao universo sexy e cheio de glamour dos filmes, videoclipes e — contribuição minha — editoriais de moda. Sabe, disse a ele, a Emma Bovary contemporânea leria a *Vanity Fair*, não mais folhetins românticos. Ela sonharia estar na lista das mais bem-vestidas que a revista promove, que é a versão moderna de frequentar bailes em Paris na companhia de viscondes. Toda mulher tem alguma coisa de bovarismo que sempre termina em merda. Logo em seguida, confessei a ele minha má relação com a fantasia e falei da minha monografia sobre *Os sofrimentos do jovem Werther*. É meu livro preferido desde que tenho treze anos — e isso diz muito sobre mim, escrevi. O.k., legal. Mas acho interessante cultivar uma relação não moralista com a fantasia. Ela faz parte da vida também. Não acho que a vida deva ser o tempo todo prática, regular e racional. Ela é fundamental no meu processo criativo.

Não é preciso muito tempo de interação on-line com uma pessoa para conhecer as características principais de sua comunicação escrita. O uso ou a ausência de abreviações, tipo de risada escolhida, frequência com que é utilizada a tecla *enter* (um grande parágrafo ou pequenas frases separadas?), além de, é lógico, vocabulário, escolha de gírias, referências etc. Com esse conjunto de informações é que é moldada a personalidade virtual, que, dependendo da intensidade do uso, pode ser quase tão complexa quanto a personalidade no universo ~real~ — embora essa separação seja datada nos dias de hoje, quando os dois universos já se tornaram a mesma coisa. Com isso, aos poucos comecei a me apegar e me apaixonar pela caixinha com nome e sobrenome de Davi, sempre piscando no canto da tela, mesmo com a foto tão pequena que mal conseguia enxergar suas feições. Comecei a sentir ternura por suas vírgulas, sempre perfeitamente bem colocadas, sua escolha de apenas minúsculas, tornando assim o texto estético e elegante, atraente como ele, suas frases curtas, seus misteriosos pontos finais (exclamações, jamais) que me faziam adivinhar a entonação com que ele falaria.

Existe todo um universo da outra pessoa que não conhecemos, e essa ignorância jamais será totalmente suprimida mesmo em um relacionamento concreto. No caso de relacionamentos embrionários, é comum tentar abafar o vão existente com superinterpretações de mensagens em redes sociais, numa análise detalhadíssima de discurso do chat. No meu caso, meu material eram as conversas de cerca de quarenta minutos que mantive com Davi durante dez dias seguidos, tempo suficiente para que eu realizasse uma investigação bem-sucedida sobre sua personalidade, que ia de eventos que ele frequentou em 2010, pequenos segredos descobertos em fotos de 2008 e um chat embaixo de um link que ele postou no seu mural de um vídeo do James Murphy dizendo como *Graça Infinita* mudou sua vida e o salvou do fracasso — quarenta e três comentários sobre o tema derramando elogios, informações e links tanto sobre David Foster Wallace quanto sobre LCD Soundsystem. Acima do vídeo, Davi havia escrito que aquilo era A VERDADE VERDADEIRA, CARA.

Concordei com tudo que eles haviam dito, James Murphy e Davi, e cheguei a rever o vídeo algumas vezes, embora sempre tivesse achado que preocupações exageradas com o fracasso eram a coisa mais patética de todas as pessoas à minha volta. Mas essa opinião foi reprimida, e naquele momento me pareceu plenamente justificável estar apaixonada, me deixando abandonar na figura de Davi mesmo sabendo que era apenas holograma, mais pensamento que qualquer outra coisa.

Naquela manhã de sábado, já havia feito uma lista de possíveis assuntos e comentários espirituosos para lançar casualmente na próxima conversa com Davi. Ainda estava na cama quando recebi a seguinte mensagem de Stephanie: olha só quem está no caderno de cultura hoje. Em seguida ela me manda a foto de uma pequena entrevista com Davi com a seguinte chamada: "O cineasta de vinte e nove anos conta sobre seu novo projeto". A meu ver, era a deixa perfeita para engatar mais uma troca de mensagens. Enviei um inbox lhe dando os parabéns, mas ele visualizou, não respondeu e, logo em seguida, adicionou novas fotos no seu álbum *me and you and everyone we know*, sendo que uma delas havia sido tirada na semana anterior em Búzios e mostrava Marina deitada numa rede segurando um gatinho chamado Pompom. Esse tempo todo me convenci de que Marina não existia.

7.

Cê jura que tá apaixonada por esse boy casado que precisa ficar *dropping names* na internet pra pegar mulher?, perguntou Manoel enquanto eu afogava minhas lamúrias num milk-shake de avelã. Deve ser o tipo de cara que vai ao Sesc mexer no Tinder pra ver quem cai no papo culturete dele. E pior que muitas devem cair. Por trás dessa pose de fodão pegador deve ter um merdinha inseguro. Mexi com os dedos nos restos de cera quente, ainda líquida, que deixei cair propositalmente sobre a mesa. Ora, insegura sou eu, que fico seis meses sem transar e, quando encontro alguém que acho minimamente interessante, gaguejo. Quem dera ser tão insegura quanto ele. Manoel afastou a vela do meu alcance. Bem, insegura você é. Mas lembre-se de que é muito fácil para um homem hétero em posição de poder bancar uma pose a fim de esconder suas fragilidades. Principalmente se faz parte de uma certa dinâmica de grupo. O que é deprimente, porque não resolve as fragilidades, só oculta. É péssimo pra vida interior ser o fodão do patriarcado. Aproveita que você é mulher/oprimida e goza na sua insegurança, curte bem a melancolia e um dia você supera tudo isso e renasce forte, coisa que provavelmente nunca vai acontecer com esses davis.

Manoel chamou o garçom para outro *dirty martini* dizendo *because in martinis and in life I like it dirty*. Ele cruzou as pernas e jogou os braços com cigarro para trás da cadeira. Mas vem cá, me conta. Por que essa trepada foi tão..., Manoel soltou a fumaça lentamente, revolucionária assim? Em um primeiro momento, eu não soube responder, mas enfim consegui soltar alguns elogios genéricos, do seu trabalho até o corpo definido. Olha, disse Manoel, duvido que ele como cineasta seja essa coisa toda, porque ou você malha, ou você ferve, ou você lê. E, ao que parece, Davi está em todas. Eu malho ouvindo entrevista com Foucault, mas a verdade é que não há tempo para tudo.

O drinque ainda nem havia chegado quando seu celular apitou com a mensagem de um peguete o chamando para uma espécie de festinha na casa de um francês. Eu te amo e quero seu bem e por isso vou te obrigar a vir comigo: sei que vai ter vários HTS gatinhos pra você dar uns beijos. Tudo que eu queria naquele dia era voltar para casa e ver qualquer seriado, mas existe sempre a possibilidade de você estar recusando a saída em que fatalmente iria conhecer o amor da sua vida. Então fui.

Chegamos a um apartamento no último andar de um prédio modernista, desses com pilotis e rampa curvilínea. O apartamento tinha uma parede envidraçada que desembocava num terraço que circundava todo o espaço. A sala era grande e cheia de móveis velhos em estilos variados e clima de improviso, com exceção de um piano de cauda que dava certa pompa ao ambiente. Manoel não esperou cinco minutos para sumir à procura do boy num dos corredores labirínticos e cheios de espelhos descascados da casa. O apartamento era grande, mas não havia mais de quinze pessoas ali, a maioria na cozinha de azulejos brancos e sujos, bebendo o que logo descobri ser vodca tônica morna.

Não havia mais copos limpos na cozinha e por isso precisei beber a vodca numa caneca ilustrada com uma paisagem carioca. Tentei interagir, mas não deu certo. Na verdade foi um desastre: apesar de contribuir para a conversa com meia dúzia de risadinhas forçadas, fui logo excluída da roda, que foi fechando cada vez mais o círculo até que eu ficasse completamente de fora. Quando abri a geladeira em busca de qualquer coisa gelada, vi que um grupo de seis pessoas chegava à festa e na mesma hora reconheci Julio das fotos do Facebook. Em seguida, chegou um casal que eu não sabia quem era, e por último, de mãos dadas, Davi e Marina. Nossos olhares se cruzaram por um brevíssimo instante e, como resposta a esse reconhecimento, ele sorriu levemente e fez um aceno tão tímido que poderia ser confundido com um gesto qualquer com a mão.

Sem nem cumprimentar as pessoas ali presentes, o grupo atravessou a sala direto para a varanda. Eu continuava na cozinha onde era persona non grata. A essa altura, todos estavam ostensivamente de costas para mim. Entrei na sala com o intuito de acender um cigarro como muleta, mas logo me repreenderam por fumar dentro de casa. Apoiei-me então no piano a fim de ~ouvir melhor a melodia~ e esse foi o momento mais solitário da minha vida.

Assim que me viu, ele sutilmente virou as costas em direção à vista para terminar seu cigarro. Um vulto surgiu na varanda, vindo de outro cômodo, pediu um isqueiro para Julio e permaneceu ali, juntando-se ao grupo. Eu me entretive observando a expressão corporal do novo elemento, cada vez mais próximo de Julio, procurando tocá-lo a cada intervenção, a ponto de mexer no cabelo dele até suas mãos deslizarem para o pescoço, fazendo Julio jogar a cabeça para trás numa risada, ao mesmo tempo que retribuía, colocando a mão na perna daquele corpo longilíneo. Foi só quando deram um passo em direção à luz que eu percebi que era Manoel.

Ele entrou na sala sozinho, sorriu animado para mim e foi para a cozinha. Eu permaneci alguns minutos ainda ali, ao lado do piano, sozinha, antes de segui-lo. Manuca, o que você está fazendo com Davi!?, perguntei por trás dele enquanto ele lavava alguns copos para colocar mais vodca tônica. Ele não me viu chegando e quase deu um pulo com o susto. Relaxa, amorzinho, eu também não sabia que o meu boy era amigo dele. Acho que a gente vai para um *after* agora na casa de algum deles. Era estranho me perceber gaguejando ao falar com meu amigo mais íntimo. E eu faço o quê?! Manoel se virou, despreocupado: oxente, não sei, te vira, volta para casa, continua aqui, puxa assunto com algum gatinho, quem sabe você não dá outra trepada incrível. Você não precisa me seguir para todo lugar que eu vou. Além do mais, fico meio ressabiado, porque imagina se o *after* é na casa da Marina?

Fui embora da cozinha e do apartamento. Caralho, que merda, pensei assim que o táxi entrou na rua da Consolação a sessenta quilômetros por hora. Corridas de táxi na madrugada podem ser muito melancólicas, especialmente quando a noite foi pior que o esperado. Só me lembrei que não havia respondido à última mensagem de Pedro Henrique, enviada fazia mais de uma semana, antes de adormecer naquela noite.

Até então aquela relação com Davi, que me levava a tardes na praia, shows do Bob Dylan em 1966 e festas delirantes durante a Era do Jazz, mas que só existia através das ondas de wi-fi, me parecia mais real que os seis jantares que tivera com Pedro Henrique, que passou a atuar apenas como uma sombra do que um grande amor deveria ser, como uma espécie de Rosalinda, por quem Romeu era tão apaixonado que lhe fez arriscar a vida para vê-la no baile dos Capuleto, para então esquecê-la por completo no momento que seus olhos pousaram em Julieta. Minha lista de desculpas e palavras gentis a serem escritas me parecia satisfatória, e enviei a mensagem a Pedro Henrique, convidando-o para jantar em minha casa, pouco antes da hora do almoço no domingo, mas dessa vez fui eu que não obtive resposta.

8.

Wertherkrankheit em alemão significa "a doença de Werther". Achei bem engraçado existir um substantivo para isso. Todavia, entendo o sentimento. Semanas depois daquele último encontro eu ainda passava domingos inteiros prostrada na cama de solteiro, com a cabeça completamente enfiada nas almofadas em *toile de jouy* que decoravam o quarto de aspecto infantil que herdei da época em que morava com minha mãe. Eu prestava atenção num som indefinido tão baixinho que eu tinha dúvidas se era real ou se só existia na minha cabeça. Aos poucos fui percebendo que era algum vizinho que ouvia música, mas não conseguia discernir o que era. Sem levantar a cabeça, com o tecido grosso enterrado no meu rosto quase me tirando a respiração, tentei adivinhar se a música vinha de alguém do prédio ou de algumas das casas da vizinhança que conseguia enxergar do meu quarto. Se eu me levantasse e fosse até a janela talvez conseguisse descobrir a música e a origem.

Sempre quando era acordada com sons de obras, tentava adivinhar de onde vinha e se estavam pregando um quadro, montando uma estante ou instalando um piso novo. Torcia para que fosse a primeira opção, assim o barulho cessaria em minutos e eu poderia voltar a dormir. Me perguntava como estaria o andamento daquela obra, se seriam novos vizinhos, se era uma reforma rápida que estaria finalizada em dias e, se soubesse que era no mesmo prédio, tentava imaginar a diferença entre a planta daquele apartamento e a do meu.

Pensei em como estamos fadados à parcialidade da visão: jamais soube sobre as origens e destinos daqueles barulhos que ocupavam o mesmo espaço sonoro que eu. Que nem as conversas que você ouve na mesa ao lado quando almoça sozinha: são amigos ou namorados? Será que continuarão juntos daqui a seis meses? Será que ela vai se enforcar um dia porque ele a deixou? Ninguém jamais vai entender o meu sofrimento em relação a Davi a não ser através de palavras vazias que poderão soar melodramáticas e exageradas aos ouvidos do interlocutor. Podem no máximo fazer suposições a partir de suas próprias experiências de amor, paixão ou carência afetiva, sempre com o filtro obscurecedor de sua visão de mundo pessoal. Estar com outro é aceitar, como dado inevitável, essa incompreensão. E nunca vou saber ao certo o que Pedro Henrique pensou de mim quando desapareci e voltei a procurá-lo, desajeitadamente, semanas depois; e por que uma pessoa se dedicaria a conversar por horas com uma garota com quem fez sexo casual se não tem interesse em vê-la de novo. E também é preciso aceitar que só temos conhecimento de alguns fatos, que na verdade são apenas relances, e que não representam em nada a realidade.

Quando abstraí o suficiente para esquecer a música,

uma voz doce em ritmo sertanejo atravessa a janela cantando a letra de Paulo Ricardo. *E me disse decidida, saia da minha vida, que aquilo era loucura, era absurdo.* Ao que parece, alguém havia aumentado o som, e assim consegui identificar claramente a letra da música romântica que tocava, e a voz do cantor era tão calma e aconchegante que me vi numa simbiose com aquele vizinho que não sabia quem era, mas que naqueles minutos compartilhava comigo uma sensação de que até então não havia tomado consciência. Era reconfortante saber que alguém, talvez nos andares acima ou ao menos no mesmo quarteirão, também passava por uma ressaca amorosa naquela tarde de domingo, mesmo que eu jamais viesse a conhecer aquele que estava unido a mim de forma tão íntima, através de uma melodia comercial feita sob medida para emocionar.

    O silêncio foi voltando a se tornar presente no quarto, meus soluços abafados pela almofada foram cessando e em pouco tempo já me sentia relaxada. Levantei-me e fui ao banheiro lavar o rosto e passar um pouco de maquiagem para esconder a vermelhidão da pele, sequei o cabelo alisando-o para trás, vesti uma roupa que escondesse minha barriga protuberante, e me embelezei o suficiente para enfim olhar no espelho e ficar satisfeita com minha própria imagem. Autoconfiante, fui até a sala organizar os jornais para montar uma agenda de programação cultural que ocupasse meus dias até então dedicados ao ócio e logo recortei uma reportagem sobre um concerto dali a duas semanas. Com certeza Manoel adoraria me acompanhar.

    Esquece. Eu não vou. Com esse preço, só vai ter playboy. Manoel andava rápido na minha frente na Faria Lima de forma que mal consegui ouvir suas últimas palavras. Eu havia ido encontrá-lo na saída do seu trabalho, no Instituto Tomie Ohtake, para que ele me ajudasse a escolher um vestido para o show do Nicolas Jaar. O movimento nas calçadas da hora do rush, às seis da tarde, fazia com que eu muitas vezes demorasse para alcançá-lo por conta do trânsito de pessoas na avenida. Só vou mesmo se tiver um esquema para conseguir um ingresso de graça, disse quando o alcancei e entrei no ritmo dos passos rápidos e largos típicos de quem tem um metro e noventa. Nicolas Jaar atualmente era seu DJ preferido e, por isso, jamais imaginei que a recusa para vê-lo se apresentar ao vivo seria tão veemente. Para minha surpresa, quando me vi adicionada no grupo de Whatsapp Nicolas Jaar SP, percebi que as mais animadas para o evento eram Stephanie e Maria Isabel, que até então nunca haviam ouvido falar do americano.

Eram dez meninas no total, todas adeptas do que Manoel convencionou chamar fervo conservador. Durante a apresentação do Nicolas Jaar, dançavam mexendo apenas os joelhos e balançando ligeiramente os ombros, segurando um drinque que variava entre uma caipirinha de saquê com lichia ou um *apple martini*. Eu bebia a segunda cerveja *long neck*, ainda não o suficiente para eliminar minha autoconsciência na pista de dança. Se já não bastasse toda a minha existência para isso. Se for para ferver desse jeito, era melhor ter poupado o dinheiro do ingresso e ficado em casa vendo *Seinfeld* igual a todos os sábados anteriores daqueles meses.

Quando o DJ seguinte começou a tocar, todas subiram até a área de fumantes para conversar e eu pude finalmente acender meu primeiro cigarro e não participar da conversa. Não gosto de música sem letra, disse uma delas, é coisa de gente drogada. Antes que Stephanie pudesse contemporizar fofamente como costuma fazer nessas situações, outra garota lança que o problema não é nem a música, é essa coisa de só ter veado nesse tipo de festa.

 Quase como resposta a essa afirmação, avisto Davi surgir pelas escadas na outra extremidade do terraço. Mesmo com a multidão de fumantes que nos separa, nossos olhares se cruzam e ele então atravessa obstinado aquele amplo espaço em minha direção. Ele diminui o passo ao se aproximar da nossa rodinha de conversa, rompe o círculo para chegar até mim, sorri, coloca a mão na minha cintura e diz: estou morrendo de saudades. Em seguida me encosta na parede e me beija tão cinematograficamente como jamais sonhei, nem mesmo nas minhas fantasias mais delirantes. Antes mesmo que eu pudesse reajustar a alcinha finíssima do meu vestido que havia caído inteiramente, me deixando quase seminua, uma voz que naquele momento me pareceu vinda de outra dimensão grita de algum lugar bem longe: Davi?!

 Davi vira as costas e vai embora. Não disse nada, não pareceu interessado em dar alguma explicação. A alça do meu vestido continuava caída, meu peito quase pulava para fora do decote agora solto, o rabo de cavalo havia sido desfeito desajeitadamente e meu batom vermelho se espalhava pelo meu rosto. Acompanhei com o olhar ele indo encontrar os amigos, acho que era Julio ou alguém do tipo. Eu tremia tanto que alguma das meninas me deu seu copo de vodca com energético para beber. Quem é esse cara?, perguntou Maria Isabel interessadíssima. Se eu explicasse quem era, minha reação poderia parecer patética e desproporcional ao ~relacionamento~ entre nós dois, então me limitei a ajeitar meu vestido e cabelo, pendurar a bolsa no ombro e dizer: é um cara... que é um gênio durante o dia e o boy mais bonito da balada durante a noite. E fui embora em direção ao banheiro.

Analisei no espelho o que era preciso para pôr uma cara decente no rosto. Talvez mais base, blush e batom. Encarando meus próprios olhos no espelho que ia do teto ao chão, não percebi a chegada, atrás de mim, de uma garota de cabelos curtos e cacheados e vestidão de seda com estampa de lenço, falsamente hippie. Eva, a amiga tímida do Manuca, certo?, disse ela com o sorriso mais simpático do mundo. Eu sou a Tata: você foi numa festinha *petit comité chez moi* outro dia. Eu lembrava que Tata tinha uma marca de alimentos orgânicos e havia acabado de voltar de um retiro espiritual na Bahia. Você parece meio abatida — ela parecia realmente preocupada. Acabei de passar por um baque, mas acho que um baque bom. Coisas amorosas. Ela então me pegou pela mão e disse: vou fazer padê ali no banheiro de deficiente, você quer um teco?

Saímos juntas em direção à pista de dança de mãos dadas, esplendorosas. Não conhecia ninguém do seu grupo de amigos. No entanto, quem é a primeira pessoa que vejo quando chego à pista, de barba por fazer e camisa branca amassada, encostado na parede, olhando para baixo reflexivo, bebendo um uísque caubói, senão ele, Manoel? Seus olhos se levantaram e, assim que pousaram em mim, imediatamente se acenderam. Ele sorriu, atravessou a roda de amigos em minha direção, e eu na dele, para então nos encontrarmos no meio num abraço-dança em que ele me girou no alto a ponto de meus pés saírem do chão e meu vestido rodado se transformar num círculo completo em movimento. Você veio!, exclamei em êxtase. Amor, eu disse que eu estava *maybe-attending*. O Julio conseguiu um convite de graça e eu vim. Beijei sua bochecha seis vezes, três de cada lado, e disse que havia acabado de fazer padê pela primeira vez, mas que era o.k. porque eu precisava estar autoconfiante para encontrar Davi. Ele pegou minhas mãos e juntou nas dele e disse: você vai ver que não é nada demais, até *overrated*. E se você quiser melhorar sua autoconfiança, Jung é melhor que padê. Aí dei um beijo na boca dele e ele riu.

Danço no meio da roda e giro com as mãos para o alto, jogando o cabelo repetidas vezes para a frente da cara. Todos à minha volta têm comportamento similar ao meu. Mas volto a ficar fora de mim. De repente alguém pega no meu braço com tanta firmeza a ponto de me dar um susto. Virei na defensiva mas era apenas Davi. Vem comigo pegar uma bebida, disse ele de forma doce, beijando-me suavemente dessa vez. Fez carinho nas minhas costas e perguntou atencioso: como você está? Quero saber de você, que sumiu da minha vida. Sorrio blasé, me sentindo sexy como nunca, pego sua cabeça por trás puxando levemente seus cabelos e, em vez de dar alguma resposta, eu o beijo. Nunca conheci ninguém igual a você, Eva. Fico absolutamente louco quando te encontro. Depois dessas palavras, segue-se um breve momento romântico.

No bar, ele pede uma cerveja que chega em menos de um minuto enquanto eu decido por uma caipirinha de frutas vermelhas. Antes de começar a preparar meu pedido, o barman desaparece por trás de uma porta. Aparentemente meu pedido é um pouco mais complicado, disse sorrindo, me virando em direção a ele. Davi não sorri de volta, não me olha, não responde e parece não ouvir o que digo. Tem os olhos fixos na multidão. Não tive tempo de pensar alguma coisa ou me abater por, subitamente, ter me tornado invisível aos seus olhos. Logo também eu ficaria hipnotizada pela mulher que surgiu diante dele para envolvê-lo com seus braços finos e longos, pressionando-o contra a bancada do bar a ponto de fazê-lo derrubar alguns copos semivazios, molhando as costas da sua camisa. O beijo que ela lhe dá evolui de maneira tão intensa que ela deixa a pequena bolsa bordada com pedrarias cair no balcão do bar pesadamente. Aquele era o rosto feminino mais bonito que eu já havia visto em toda a minha existência. Não conseguia parar de olhá-la. Seus brincos, pulseira e anel pareciam joias verdadeiras; seu vestido longo, fluido e decotado nas costas indicava que talvez tivesse vindo direto de um casamento ou, mais provável, de algum editorial sofisticado produzido pela melhor revista de moda do mundo. Eu queria entrar naquele casal.

O voyeurismo perdeu a graça quando a pegação entre os dois se tornou tão espaçosa a ponto de quase receber na cara uma cotovelada involuntária de Davi. Com o susto, percebi que não estava mais sob o efeito do pó — não sabia que alguns poucos tecos, menos de uma fileira, teriam um efeito tão rápido. E tal qual Alice diminuta que não consegue alcançar a chave que agora lhe parece tão grande, volto a me sentir pequena diante do cinematográfico casal que até pouco tempo antes parecia equivalente à minha recém-adquirida maravilhosidade. E, para minha decepção, entendo que não era convidada a estar com eles, que jamais me juntaria aos dois num beijo, que não conheceria mais tarde o apartamento de Davi, e só aí percebo aquele momento como humilhante, de forma que meus olhos se encheram de lágrimas. E não só a caipirinha que eu havia pedido não chegava, como não havia nenhum barman à vista. Não sabia se esquecia o drinque e fugia dali o mais rápido possível ou se ele seria útil para encher a cara, esquecer a situação e me divertir na festa. Durante a espera, como se a situação já não estivesse escrota o suficiente, entendo quem é aquela mulher-miragem. Alexia.

A caipirinha chegou no momento em que eu havia decidido ir embora. Saio dali com a bebida na mão e o claro propósito de não olhar para trás. Porém, depois de quase dez metros, não resisto e me viro para ver pela última vez o casal que continuava naquele mesmo lugar com a única diferença que agora a mão de Davi se apoiava no peito de Alexia através do decote lateral do vestido. Não seria exatamente uma surpresa ou susto, mas mesmo assim agi como se fosse e, assustada com aquela última visão e com pressa de sair o mais rápido possível daquele mostruário de laser e horror, tropeço num degrau e, com a queda até o chão, ralo meu joelho e deixo cair a bebida em mim mesma, sujando o vestido inteiro de pedaços de framboesa. Quando me levantei, percebi que havia quebrado meu celular no tombo, o que me obrigou a procurar um táxi nas ruas desertas do centro da cidade. Em frente à boate havia um carro velho iluminado pelos primeiros raios de sol da manhã e fui correndo em sua direção sem os sapatos altos e com a meia-calça fina tocando o chão sujo de latinhas de cerveja barata.

 Cumprimentar o porteiro distraído em sua mesa lendo o jornal já me pareceu a tarefa mais penosa do mundo, mas como se ainda fosse possível exacerbar a vergonha à milésima potência, entro no elevador com aquela luz fria e matadora, me olho no espelho e percebo que: lágrimas de rímel escorriam pela minha bochecha fazendo um rastro negro que ia até o pescoço; cravos nunca antes vistos tão claramente pulavam através da camada de base e faziam par aos poros abertos que até então nunca havia notado; uma mancha vermelha de batom se estendia da boca até os limites do queixo e o cabelo ruivo parecia muito ressecado, com a marca do elástico separando-o claramente em metades distintas. A mesma maquiagem que havia sido responsável por rara autoconfiança agora me tornava uma pessoa repugnante. Eu sou uma pessoa repugnante.

9.

Às vezes, no meio da rua, andando distraída depois de ter ido ao supermercado ou ao shopping, me lembrava de determinado evento ocorrido há seis meses ou cinco anos — às vezes não era nem um evento, era apenas uma fala qualquer que denunciava minha ingenuidade e carência. Gafes, *dropping names*, ser flagrada no meio de uma informação errada, puxar assunto com quem não está a fim... Qualquer coisa besta que talvez fosse suficiente para que o interlocutor me pusesse numa lista negra, de pessoas inadequadas com quem não se relacionar, ou que determinada falha fosse suficiente para eliminar todo o afeto que porventura existisse. Sabemos que uma implicância, um desgostar, pode surgir de um ato cotidiano, aparentemente sem importância.

Mesmo que tivesse amadurecido e não me reconhecesse mais nos erros daquela época, a angústia não diminuía: não era justo que eu tivesse me tornado outra mulher, mais segura e adulta, e o resto das pessoas continuasse a enxergar aquele gesto da Velha Eva como se fosse meu. Se eu pudesse ao menos avisá-las de que aquelas atitudes não me pertenciam mais! Era como se eu fosse responsabilizada pelas falhas de outra pessoa.

Para contrabalançar essas crises de insegurança e neurose que me acometiam quase toda semana, passei a criar narrativas em que minhas falhas, e também esses mesmos atos mesquinhos e ridículos, eram traduzidos de forma charmosa, levemente humorística, para assim se tornar mais palatáveis, se não para o público em geral, ao menos para mim mesma. Uma versão mais sofisticada daquelas velhas piadas em que alguém pergunta o principal defeito, e recebe como resposta: sinceridade, perfeccionismo, ~ler demais~.

Uma autodepreciação calculada, com roupagem interessante, engraçadinha. Deixo de ser a imbecil, maltratada, que não sabe se comportar socialmente, para ser uma gata-garota-moleca, desastrada, fofamente estabanada, olhem só como sou sem-noção, gracinha, só falhas pasteurizadas, aceitáveis, porque, afinal, somos contra a ditadura da perfeição, mas ainda assim queremos estar bem na fita, ser amados & admirados, não é mesmo? Falhas de caráter, jamais, isso é para o resto, ou aquela inveja que eu não consegui segurar não é confessável, alguma desonestidade pontual, mesmo que sem importância, é ocultada, o recalque é bem mascarado naquele comentário espirituoso, tão inteligente, mas cheio de veneno, no fundo bem escroto, mas que fazem os outros darem risadinhas cúmplices em vez de julgar.

Era frequente que em festas, com o superego amaciado pelo álcool, eu revelasse partes da minha alma, com todas as suas pequenezas, à pessoa com quem estivesse conversando. A ressaca moral do dia seguinte jamais era por alguma causação — que, ao contrário, poderia ser comemorada como símbolo de liberdade, com uma pegada muitas vezes glamorosa —, e sim por essas pequenas superexposições, em que me mostro vulnerável à toa, proprietária das únicas atitudes ridículas de todo o baile. A mudez social, acompanhada de um olhar altivo e um cigarro, talvez seja a única saída digna para afastar o fracasso.

Quando essas falhas, imperdoáveis e mesquinhas, acontecem na madrugada, posso torcer para que o estado etílico do outro favoreça o esquecimento, e com essa possibilidade talvez tenha um pouco de paz. Porém, nada se compara ao desespero de falar uma estupidez por chat: não apenas o ato de a outra pessoa ter visualizado e não respondido a mensagem confirma como a frase foi inapropriada, como aquelas palavras permanecem ali, para sempre. Semanas depois, se o chat se reinicia, a frase volta como a última coisa dita, relembrando a todos sua existência, e só desaparece quando a barra de *scroll* tiver tamanho o suficiente para enfim proporcionar o devido esquecimento. Mas até lá a frase já vai ter sido relida algumas vezes para impedir esse objetivo.

Pior é quando, ao bisbilhotar alguém nas redes sociais, encontro um comentário meu em algum tópico: desnecessário, ingênuo, às vezes preconceituoso, sem graça, julgador, falastrão. Opiniões equivocadas, sempre. Na hora, minha primeira reação é apagar, mas penso: que utilidade tem esse ato se quase ninguém vai rever essa postagem três anos depois? Já pensaram mal de mim naquela época, o estrago está feito.

E o terror: quantas outras dessas minhas superexposições estarão por aí, espalhadas por perfis alheios, que eu jamais terei conhecimento? Assim não terei capacidade de deletar as vergonhas uma por uma. Choro por ter sido quem eu era; penso que daqui a um ano talvez chorarei por quem eu sou hoje, e então choro mais.

    Eu só chorava. Era um choro infantil, descontrolado, ansioso, não necessariamente melancólico, e sim cheio de angústia, que é a tristeza do cérebro. No meio-tempo, alternava entre a tentativa de me concentrar na monografia e a releitura das conversas on-line com Davi. Era bom me deliciar com os momentos espirituosos, mas me recriminava pelas mensagens fofas além da medida. Então as reescrevia mentalmente, como se estivesse me dando uma segunda chance ao editar, na imaginação, o passado. O bom de reinventar o passado é que, como não existe a frustração por vir, é muito mais livre, feliz e sem ansiedade. Portanto, aproveitava esses momentos. Como ali estava parte importante da relação, aquelas releituras me faziam reviver a experiência, da mesma forma que um vídeo que se assiste muitas vezes, numa tentativa de alcançar certa anestesia.

    Era uma situação oposta às ocasiões em que relia textos antigos dedicados a ex-amores, mas não lembrava para quem me dirigia. Eram apenas declarações sentimentais dotadas do vigor de algo que já incomodou muito um dia.

10.

No coquetel de abertura da SP-Arte, encontrei uma conhecida no estande da galeria de Stephanie. Alou, Eva. Onde você se meteu nos últimos dois meses? Valentina usava brincos muito grandes que se misturavam aos longos cabelos negros cacheados e sua camisa de seda estava com praticamente todos os botões abertos, deixando à mostra quase todo seu sutiã La Perla. Era a garota mais interessante do grupo de amigos de Stephanie e, mesmo gordinha, também era a mais bonita, estilosa e autoconfiante. Nem me fala: eu estava deprimidíssima sem sair de casa por causa de um cara megaescroto. Valentina bebeu mais um gole de champanhe e soltou uma grande baforada mesmo sendo proibido fumar ali dentro. Sei como é. Quando me divorciei do meu ex-marido, há dois anos e meio, fiquei três meses sem sair do quarto.

Providencialmente chegaram mais duas pessoas para cumprimentar Valentina. Assim, aproveitei para me despedir e vagar, um pouco perturbada, pelo prédio da Bienal.

Valentina havia nascido no mesmo ano que eu, portanto ela atravessava um divórcio quando nós duas tínhamos acabado de completar vinte e dois anos. Nesse período, eu provavelmente estava apaixonada por algum boy, enquanto fazia sexo ruim com outro. E só. A trajetória dela, ao contrário, era repleta de bafos, como o dia em que escandalizou o grupo por trocar beijos com um stripper nu numa despedida de solteira sob o olhar de pavor da mãe da noiva ou aquela noite em que se pegou com uma cantora americana famosa na festa de uma marca de roupa. Eu admirava e invejava esses feitos, muito secretamente, longe dos olhares de Stephanie e Maria Isabel.

Descendo a rampa principal rumo à saída, sem olhar para os estandes de galerias ao meu lado, meu olhar cruza com uma figura conhecida caminhando paralela a mim, na direção contrária, mas no piso superior do prédio. Davi. Ao vê-lo abrir o maior sorriso do mundo, simpático como nunca, sorrio e aceno em sua direção como uma boa menina educada deveria fazer, mas rapidamente viro o rosto e continuo meu caminho. Mesmo sem olhar para trás, sinto que ele está tentando me alcançar. Até que uma mão agarra meu braço e me força a virar de frente. Ele coloca as mãos em cada ombreira do blazer, capricha no olhar penetrante e diz: Eva. Que bom te ver. Você está elegantíssima.

Apenas agradeci, olhei para baixo e sorri de lado, ao mesmo tempo que percebia meus braços endurecidos e os dedos amassando o plástico da revista que eu segurava até rasgar. Nossa. Há MUITOS meses que eu não te vejo. Desde aquela festinha caidíssima na casa de um francês, certo? A cara de pau com que ele falou essas palavras, e a consequente revolta que isso me causou, foi a responsável pela súbita segurança que me fez dizer, quase violenta: não. Não tem muitos meses. A última vez que nos vimos foi há poucas semanas, no show do Nicolas Jaar, inclusive, caso você não se lembre, nós estávamos juntos nesse dia. Até você decidir que era melhor se pegar com outra, mesmo eu estando a centímetros de distância.

Talvez Davi fosse um exímio ator, porque o desespero no seu olhar parecia tão genuíno que, ao menos na hora, fiquei perfeitamente convencida. Meu Deus. ME DESCULPA. Caralho, Eva. Eu não uso drogas. Eu não sou essa pessoa. Mas naquela noite eu tomei um ácido muito forte e não me lembro de NADA. Passei mal por uma semana, te juro. Enquanto falava isso, ele gesticulava exageradamente, olhando para os lados como se alguém pudesse aparecer do nada, arrastá-lo para dentro de um estande, e salvá-lo da conversa que tanto feria sua imagem impecável. Por fim, ele virou a taça de champanhe de uma só vez e soltou um misto de bufo com suspiro.

Achei tudo meio esquisito: o moralismo que não casava com seu estilo de vida, a comoção exagerada, o esquecimento nada verossímil. Minha única reação foi um sorriso trincado que ficou congelado por alguns minutos, mas à medida que ele puxava assunto, falando sobre a exposição matéria de capa da minha revista, fui relaxando minha expressão facial e me entregando à conversa. No início suas palavras ainda estavam travadas e ele chegou a gaguejar em um momento ou dois, mas logo essa tensão inicial foi substituída pela desenvoltura de sempre. Sabe, disse ele enquanto folheava aquelas páginas, examinando as fotos da performance do artista islandês do momento, tive a oportunidade de conhecer esse cara durante a abertura da exposição dele, numa galeriazinha em Meatpacking. Entrei ali por acaso, estava só dando uma volta, mas assim que passei em frente àquela vitrine alguma coisa muito forte me impulsionou para dentro da galeria onde estava tendo esse *opening*. Aí conversei uma meia hora com ele, uma figura *muy* exótica, usava uma roupa estranhíssima, mas posso te afirmar que, definitivamente, foi o cara mais inteligente que já conheci. Uma inteligência intuitiva, uma coisa meio espiritual, muito profunda mesmo. Aquela conversa foi uma experiência *for a lifetime*.

Enquanto ouvia aquele relato, não sabia se gostaria de ser a garota ao lado dele pelas ruas de Nova York e conhecer por acaso grandes sensações islandesas da arte contemporânea ao mesmo tempo que experimenta uma transformação profunda; ou se gostaria de ser a pessoa que está sendo transformada em um nível tão intenso e visceral de uma forma tão glamorosa; ou por que eu me impressionava tanto com essa narrativa perceptivelmente *fake*. Davi encarnava a *checklist* perfeita do que eu mais apreciava num homem, mas essa listagem era composta de características tão superficiais que tornava meu afeto por ele mais racional que instintivo, como se a capacidade de seduzir ao contar uma historinha com conteúdo vagamente cultural usando um tipo adequado de cardigã e a maneira certa de pegar pela cintura fossem mais importantes que o mínimo de educação e respeito ao tratar alguém com quem, mal ou bem, você desenvolveu uma espécie de relação sexual-afetiva. Era como se a salvação da minha melancolia *nouvelle vague* viesse pelo príncipe barbudo e irônico que curte Jim Jarmusch e Austra.

No momento em que percebi que poderia ficar ali para sempre, ouvindo-o contar suas impressões daquele determinado artista, ele se despediu, mas não sem antes me obrigar a anotar seu número de telefone. Tem mil programas que eu quero fazer com você. Um amigo inaugurou um restaurante charmosíssimo no centro. Me liga este fim de semana e a gente decide. Sem esperar minha resposta, ele me deu um beijo muito demorado bem no centro na minha bochecha, segurando meu rosto com as mãos, e então foi embora. Antes de continuar meu caminho, gritei na direção daquela figura que se afastava cada vez mais rápido: te ligo!

11.

    Esta semana nos vemos, certo?, escreveu Manoel, *cigarettes & alcohol* na White Cube? Nos acostumamos tanto com a linguagem escrita que conseguimos identificar algum componente estranho nas mensagens mesmo que a outra pessoa tenha se esforçado ao máximo para o texto sair perfeitinho e natural. É justamente esse esforço que grita, uma certa artificialidade, uma afetação medida. Basta um pouco de intimidade para perceber as mudanças de pontuação, ritmo, ausência de abreviações, qualquer diferença que se mostra tão evidente quanto um tom de voz fora do comum. Ou até mesmo apenas uma certa *vibe* esquisita no ar. Mas mesmo assim preferi ignorar qualquer intuição. Posso te confirmar depois? Passei as últimas semanas tristíssima e, desde a noite de ontem, estou com uma puta angústia. Dessa vez era ele que iria como meu acompanhante. Vem pra cá fumar um beck, ele disse, estou de bobeira aqui em casa. Então eu fui.
    O que aconteceu, xuxu?, perguntou ele quando che-

guei, me abraçando apertado. Dramas, respondi ao tirar os sapatos e me afundar na poltrona de couro, um drama chamado Davi. Manoel pegou a maconha na gaveta da cômoda e sentou ali em cima para preparar o baseado. Oxe, de novo? Achei que você já tinha superado essa história. Por que você não ressuscita aquele gatinho com quem você não trepou em vez de ficar nessa masturbação mental por um boy casado? Eu me levantei e caminhei de um lado para outro, seguindo a janela com vista para a avenida Paulista. Na real, nunca entendi essa relação dele com essa mina. Uma hora ele tá com ela, outra ele tá pegando a Alexia. Ontem nos encontramos na abertura da SP-Arte. Ele me chamou para sair no fim de semana e tal. Se tudo der certo pensei em levá-lo à festa da White Cube.

Gata, deixa de ser otária. Você só serve a ele para amaciar o ego, porque ele gosta de ver seus olhinhos apaixonados na direção dele, gaguejando que nem uma tonta quando olha para o príncipe encantado. Ele se levantou esbaforido, largando a seda e a maconha de qualquer jeito, entrou na cozinha e foi andando na direção da área de serviço. Alguns minutos depois, como ele não voltou, fui atrás dele e o encontrei fumando um cigarro.

Marina é minha amiga, vamos passar essa Páscoa juntos na fazenda do Julio, até disse a eles que ia voltar mais cedo por causa da festa da White Cube, mas enfim. Julio também foi convidado etc. Acho surreal você passar meses sofrendo por causa do cara que está com ela. Acho escroto esse teu interesse por ele, acho que é péssimo pro carma, acho mesmo coisa de gente mau-caráter. Ainda bem que ele caga pra você: não é como se vocês dois tivessem se apaixonado ou algo do tipo. Ele disse isso com narizinho em pé e tom de voz calmo, enquanto fumava o cigarro, com lentas baforadas entre as frases, o que acentuava, na forma, o moralismo da narrativa. Ela é amiga do seu peguete, Manoel, não é sua amiga. Ele esmagou o cigarro no cinzeiro em cima da máquina de lavar, atravessou na minha frente sem tomar cuidado para não esbarrar o ombro brutalmente em mim e, antes de sair pelo vão da porta, disse: você me conta tudo sobre a sua vida, mas não sabe nada da minha.

É, realmente, não estou te reconhecendo, falei ao chegar à sala, onde me escondi atrás da finíssima luminária de chão, como se de alguma forma pudesse servir de escudo contra aquela situação. Foda-se, Eva. Você usa esse termo, reconhecimento, mas na real você projeta em mim uma imagem que te interessa, e quando pela primeira vez na vida eu não ajo de acordo com essa imagem, que foi criada por você, segundo teus critérios, a frase é: não te reconheço mais. Pois bem, foda-se, cansei, o problema é teu. Acorda pra vida. Caso contrário, boa sorte na sua carreira solo. E cresce, porque eu me relaciono com adultos, não com crianças.

Manoel era dado a rompantes e surtos de agressividade, sempre soube disso, mas nunca imaginei que pudesse acontecer em relação a mim. Eu te amo, mas, para que nossa amizade seja pra sempre, preciso falar o que me incomoda. Se eu não tiver essa liberdade, não vale a pena para mim, e aí pronto, acabou. Sábado estaremos lindos & radiantes na festa da White Cube. Essas duas últimas palavras, ditas com leviandade, como se aquela conversa fosse apenas uma troca informal entre amigos, com uma pitada de crítica ~para o meu bem~, sabe, apenas ~um toque~, porque, afinal, ele precisa, doa a quem doer, ser ~verdadeiro~, me irritou de tal forma que de repente tudo me soou muito pequenino: essa briga, as agressividades mesquinhas, a insistência para a tal festa, e todas as outras festas, o *slut shaming* implícito vindo de quem sempre me defendeu de *slut shaming*, e que sabe meus traumas com esse tipo de atitude, minha própria paixonite pelo cineasta gatinho & hypado, a necessidade de Manoel de agradar o grupo de amigos do cineasta gatinho & hypado, me excluindo assim de segmentos da sua vida em que outrora eu era incluída, e todas essas questões pequeno-burguesas que, nesse contexto social privilegiado, pareciam sim cruciais para a felicidade. Oi? Tá loucona, Manoel, achando que vai à festa comigo? Eu já não queria te levar, depois desse piti, então, nem a pau.

Ele me disse para eu não ser exagerada, que o museu estava lhe pagando pouco, que era importante conhecer as pessoas que estariam na festa, que talvez não fosse má ideia trabalhar em galerias, que de repente era bobeira ter preconceito com esse tipo de trabalho, afinal, ele precisava da grana. Eu me apoiei na janela e o olhei com desprezo. Você então quer ser *gallerino*, vender quadro de bolinha Damien Hirst, cachorrinhos Jeff Koons, frequentar o fervo-cheiração Art Basel, virar perua das artes igualzinho à Stephanie? Afinal, por trás do discurso esclarecido, essa sempre foi sua ambição, não é mesmo? Que hilário.

Foi tudo muito rápido. Manoel pegou um livro da estante, bem grosso e de capa dura, e atirou em minha direção. Por pouco não me acerta na cabeça, mas com a força do arremesso o livro atravessou a janela, estilhaçando todo o vidro em cima de mim. Quando vi, estava descalça, com os pés vermelhos de sangue e pedacinhos de vidro encravados em vários lugares diferentes. Porra, Manuca, tá maluco?! Não vi a tempo que ele estava com outro livro na mão, pronto para atirar em mim, dessa vez certeiramente, com a quina do livro me atingindo bem na testa. Para de ser escrota, Eva, essas analogias são maldosas. Você é uma pessoa perversa. Outros exemplares, menores, seguiram na artilharia. O último livro também atravessou direto a janela, mas com o susto me vi em posição fetal escondida atrás da poltrona, em cima dos cacos de vidro, com o vestido leve de verão sendo insuficiente para me proteger. Em pouco tempo, me vi coberta de sangue. Manuca, você surtou, murmurei ressentida e assustada, acho que tá na hora de trocar a medicação. Manoel olhou para mim perplexo, como se tais atitudes não pertencessem a ele, e ficou parado em frente à estante com o olhar fixo em algum lugar da paisagem de prédios. Espero que você não tenha se machucado, não foi minha intenção. Vou procurar algo para te limpar, e ao dizer isso ele entrou na cozinha.

Antes que ele voltasse, fui embora com os sapatos na mão e o vestido branco manchado de vermelho. Por sorte havia comigo uma jaqueta jeans que amarrei na cintura para me cobrir. Quando cheguei à avenida, vi os livros dançando por entre os carros no asfalto ou servindo como obstáculo aos skatistas, cada um sendo levado para uma direção, e as páginas soltas espalhadas pela calçada.

III

12.

No fim da temporada alguns atores saem do seriado porque receberam outras propostas de trabalho ou precisam entrar no *rehab*, mas mesmo assim os roteiristas dão um jeito de continuar no ano seguinte com novos personagens e temáticas, mantendo a linha narrativa coerente. Minha vida não vai ficar em recesso para sempre, uma sucessão de almoços sozinha no Le Jazz, observando a mesa de amigas loiras todas com bolsas Goyard, uma de cada cor, comendo saladas e bebendo uma tacinha de vinho branco, comentando a-bo-bri-nhas a respeito dos boys. E eu ali, sem maquiagem e cabelo preso de qualquer jeito, comendo meu *croque-monsieur*, ouvindo aquele sax que me soava melancólico, mas que seria um agradável som de fundo em outras circunstâncias. E existe sempre o medo de na verdade eu ter sido a personagem saída, e tudo que me resta de agora em diante é um *spin off* escrito por autores de segunda linha num canal a cabo meio chinfrim.

Visitava diariamente as redes sociais de Manoel: o feriado na fazenda de Julio, no mesmo fim de semana em que eu deveria sair com Davi, estava exageradamente documentado com fotos e vídeos de todo o grupo. Eram ao menos cinco atualizações por dia, bem editadas, em harmonia com o conjunto, não raro com uma legenda espirituosa. A casa era moderna e espaçosa. As cadeiras, Paulo Mendes da Rocha, estavam no mezanino da biblioteca envidraçada, com vista para o gramado infinito, e entre as obras de arte havia um Alexander Calder. Manoel não nomeou na legenda tais peças grifadas, numa tentativa malsucedida de discrição, mas tirou uma selfie no espelho pintado por Carlito Carvalhosa. Estava muito bonito, e fiquei olhando para essa foto por muito tempo, durante vários dias.

Marina — a suposta namorada, noiva, mulher, o que for — não aparecia em nenhuma dessas documentações. Teve sua ~honra~ defendida à toa por Manoel. Mas Alexia, sim, estrela de vídeos em que rodopiava sozinha descalça pelo gramado, de vestido de seda estampado e esvoaçante, com uma taça de vinho na mão e o cabelo batendo no rosto. Ao fundo, alguma música eletrônica em um iPod distante. Musa, escrevia Manoel. No vídeo seguinte, Davi aparecia e a pegava pela mão, puxava-a para perto do seu corpo e lhe tascava um beijo. Embaixo, a legenda: casal 20. Na manhã seguinte, os três posavam com, imagino, trajes de banho, deitados em uma espreguiçadeira larga. Os corpos misturados, embaralhados, mas com corte estratégico para que parecessem pelados. Os rostos bronzeados e com traços perfeitos. *Bizarre Love Triangle*?, pergunta Manuca. Não, responde Alexia, Bertolucci é mais chique. *The Dreamers*.

Com fotos tão sugestivas, imaginava quanto MD não deviam ter tomado. Em um segundo momento, pensei como não ficaria surpresa se, numa hora de descontração,

Manoel tivesse dado ao menos um estalinho em Davi, ou ainda, se juntado a ele e Alexia num beijo conjunto. As melhores festas são as que a gente não vai.

Finalmente, deixei de me importar tanto. Aproveitei as semanas, sem falar com ninguém, para terminar a monografia. Talvez a wertherização da minha vida fosse por conta de uma espécie de erotomania enrustida, sob o disfarce de esperança. Em um texto o autor diz que Werther inventou a adolescência. Parecia isso mesmo.

Era bem estranho. Muitas vezes, sentada na varanda vendo os carrinhos passarem lá embaixo na rua, e embalada pelas reflexões daqueles textos, quase conseguia enxergar a linha do tempo da minha vida inteira, passado e futuro, como num gráfico de linha cronológica, em que os momentos mais marcantes são destacados com uma seta que leva a um texto. Agora a seta aponta para palavras excepcionalmente vermelhas, escritas em negrito, que dizem: você está aqui.

Olhando em retrospecto, conseguimos definir aquele episódio que talvez tenha servido como estopim para toda uma mudança, como o gatilho de uma máquina de Rube Goldberg que impulsiona uma complicada reação em cadeia para atingir um objetivo simples: a compreensão da obviedade.

E foi nesse ínterim que davi deixou de significar Davi e tornou-se uma palavra qualquer, como mesa ou cadeira ou carro, dessas tão banais e sem poesia que nem prestamos mais atenção nelas, apenas uma junção de letras que resulta num som davi davi davi davi. E de fato repetia em voz alta ou no pensamento: davi davi davi davi, para ver se estava mesmo banalizada ou era um alarme falso. Tentei lembrar aquela noite de sexo, já há tantos meses, e que mal existia na minha memória. A única lembrança que restou foi de um corpo bem definido se movimentando em cima de mim.

Mas a mente é cheia de joguinhos capciosos, porque se analiso com calma, percebo que o pensamento atrás do pensamento jamais abandonou davi. Em estado consciente, ele nem sequer existe na minha imaginação. Mas, se presto atenção, entendo que por trás das minhas preocupações cotidianas uma voz entoa baixinho: davi davi e davi. Eu te amo. À minha revelia, à revelia dos pensamentos protagonistas e até do coração, já que, apesar das insistentes declarações de amor, já não sinto mais nada. Sigo sem entender coisa alguma.

Não conseguia discernir se sentia melancolia ou serenidade. Esquisito como esses dois estados mentais tão distintos possam ser confundidos, como extremos que se tocam. Parada na porta da sala, ficava olhando o ambiente e as luzes da janela dos vizinhos da frente, ocultadas de forma parcial pela copa das árvores, mas sendo ainda possível observar suas interações na sala de estar. O casal de velhinhos do prédio do outro lado da rua costumava, ao menos duas vezes por semana, dançar sozinhos sob o lustre de cristal, em frente à mesa de mogno envernizado cheia de porta-retratos, bebendo tacinhas de champanhe que, na dramaturgia que criei na minha cabeça, era de qualidade de segunda linha. "My Way", do Frank Sinatra, no *repeat*, mais de três vezes, além do meu controle e vontade. Em determinado momento, passei a sentir falta quando eles viajavam nos fins de semana e a casa silenciava.

13.

Valentina era arquiteta e morava num apartamento lindíssimo na avenida São João. Meus pais morrem de medo que eu seja assassinada no centro da cidade, mas pelo menos assim não dependo deles e faço o que quero. É uma merda ter que deixar de comprar vestidinho Marni, mas *c'est la vie*, meu guarda-roupa já tem coisa demais. Valentina fez tudo para me deixar à vontade no seu apartamento, mas me senti mais confortável quando Tata, amiga do Manoel, chegou. Ao menos um rosto conhecido. Dividimos duas balas entre nós três, e o resto ficou guardado para um amigo que chegaria em breve. Seu nome era Thomaz. Era gatinho, meio inconveniente, porém charmoso. Dali, iríamos a pé para uma festa de eletrônico na região.

Era mais longe do que eu pensava, e senti vontade de ir ao banheiro. Thomaz me acompanhou até as árvores mal iluminadas da praça, já que me sentiria insegura ali sozinha. Sabe, se faço xixi na frente de um cara hétero, eu estou trazendo a discussão sobre gênero e feminismo para um nível bem mais elevado, brinquei enquanto abaixava as calças. Ou então você apenas faz isso porque não tem intenção de trepar comigo, ele respondeu. Ainda agachada, disse: a gente pode trepar sim, se você quiser. Rimos.

Estava muito cheio lá dentro, mas me senti acolhida e feliz. Thomaz se aproximou de mim por trás de forma que não houvesse espaço entre nossos corpos, pegou na minha cintura, e encaixou seu rosto entre meu ombro e pescoço. Aproveitei para dançar mexendo os quadris na calça de couro bem justa, roçando entre as pernas de Thomaz.

Nesse momento surge na minha frente, juntinho a Valentina, Julio. Eva, ele disse, ouço falar tanto de você. E é tão linda. Não nos conhecíamos, mas ele pousou a mão no meu rosto, contraindo de leve minhas bochechas. Ficou assim por uns segundos, olhando firme. Ele foi se aproximando de mim até o ponto de eu me encontrar espremida entre os dois.

Me fala alguma coisa sobre você, ele disse. Ora, suspirei, não tenho nada a dizer, a não ser que eu sou uma mulher encalorada. Eu mataria um árabe, neste momento, por estar com tanto calor. Ele riu e se aproximou, olha ela, tão culta, tão cheia de referências. Mas calor é bom, e calor humano é melhor ainda. Não estranhei, vindo do peguete do meu amigo, aquela cantada cafona, apenas curti. Eu tiraria minha roupa de tanto calor, respondi. Então Julio se aproxima e desabotoa lentamente minha camisa jeans, descendo à medida que abria os botões de baixo, dá um beijo no meu umbigo, primeiro estalado, para depois evoluir para uma rápida chupada. Thomaz tirou meus braços das mangas, deixando assim meu tronco nu, amarrou a camisa na minha cintura, e acariciou demoradamente meus pequenos peitos enquanto beijava minha boca. Foi uma das sensações mais libertadoras da minha vida.

Tudo isso durou uma música. Quando Thomaz foi deslizando suas mãos em direção ao meu quadril, Julio apalpou meus peitos e se inclinou para a frente a fim de também entrar no beijo. Nossas testas se bateram mais de uma vez, e em poucos minutos ele foi afastando seu corpo de mim enquanto se aproximava de Thomaz pelo lado, de modo que rapidamente me vi fora da pegação.

Na hora, não me importei. Fui excluída por ter uma vagina, comentei com Valentina, enquanto vestia novamente a blusa. Relaxa, Thomaz tem uma sexualidade livre, mas está super a fim de você. Arrasa, Eva. Quando ela disse isso, bem próximo ao meu ouvido por conta da música alta, percebi que, no meio das pessoas dançando, Davi nos observava fixamente. Fui pegar uma bebida e ele me seguiu. Você nem me ligou aquele dia, não é?, disse ele do meu lado no bar, passei o fim de semana inteiro te esperando. Eu não respondi nada, só olhei para a sua cara, parada.

A gente vai pra um *after* na casa do Julio: vem. Tata me pegou pela mão e me arrastou pista adentro, abrindo caminho à força, e não consegui olhar para trás. Ao chegar à rua, meus olhos se espremeram por conta da claridade das seis da manhã. Havia uma fila de táxis na porta. Entramos no banco de trás do primeiro que apareceu e, de forma quase imperceptível, Davi sentou ao lado do motorista e disse: por favor, para a Oscar Freire.

O apartamento tinha persianas *blackout*, mantendo o ambiente à meia-luz. Inclinada no divã, estava Alexia. Usava um vestido longo, de malha preta, com quase todos os botões frontais abertos, deixando a calcinha transparente *hot pants* à mostra, tinha os pés descalços com esmalte preto descascando, cabelos desarrumados, e parecia sem maquiagem. Mesmo assim, linda. Davi foi até ela e se inclinou na sua direção para beijá-la, e assim ficaram os dois juntos por um bom tempo, entrelaçados de forma tão orgânica, sensual e aconchegante que pensei como eles certamente deviam fazer o melhor sexo do mundo. Na mesa de jantar, Valentina, Julio e Tata cheiravam no tablet. Fui pegar uma cerveja na cozinha, que ficava separada do resto do ambiente por uma porta de vidro fosco.

Vem cá, e ao dizer isso Thomaz fechou a porta, me pressionou contra a bancada da pia e me deu um beijo demorado. Olha só, nos conhecemos esta noite e eu já vi sua boceta e seus peitos, Eva. Olhei para ele cínica & blasé: não é legal? E em seguida mordi seu pescoço. Ele continuou: cuidado, que se mostrar mais acaba o mistério, aí eu não vou querer trepar com você. Alcancei seu pau por cima do jeans, apalpando-o: poxa, que pena. Thomaz me agarrou com mais força, me colocou contra a porta de vidro, abaixou minhas calças, me masturbou e enfiou o dedo no meu cu. Sabia que nossos vultos poderiam ser vistos da sala, e isso me deixou mais excitada. Quero te comer, se não for hoje, em algum quarto livre desse apartamento, te levo para jantar amanhã. E depois disso ele me deu um último beijo.

Voltamos para dentro, recompostos. Davi e Alexia haviam se juntado ao resto em torno do tablet com cocaína. Só havia um lugar disponível para mim, ao lado de Davi. Antes de me passar a nota de cinquenta reais enrolada como um canudinho, ele me olhou com desprezo: não custa nada ir para o quarto, Eva. Peguei o tablet com a fileira restante e disse: com você?

14.

Não nos falávamos havia cinco semanas. Para quem acordava todas as manhãs com uma selfie de bom-dia, era muito. Nosso primeiro encontro foi numa festinha de apartamento, coisa pequena, pista de amigos, mas que tinha luzes de boate e tudo mais. Manoel estava perto da porta de vidro do terraço com o olhar vago e ausente que consegui identificar de outros invernos; eu estava no canto oposto da pista, sem conhecer ninguém exceto Thomaz, que havia me convidado para a festa, mas sumiu assim que chegamos lá. Não parecia muito interessado em estar comigo.

Às vezes tinha menos pessoas dançando e eu conseguia enxergar Manoel muito bem: a menina rodopiava para o lado e lá estava ele, chegavam mais três e o tapavam, a luz azul iluminava e seu rosto ficava da mesma cor, a luz piscava, ficava breu por alguns segundos e eu não o enxergava mais. Estávamos relativamente perto, mas mesmo assim tudo era relance. Àquela altura eu conseguia tatear melhor como ele reagiria se eu atravessasse a pista e segurasse seu rosto entre minhas mãos.

E assim eu fiz, muito emocionada. Eu quero te pedir desculpas, ele disse. Não precisa, esquece, relaxa. Eu sorria e não tirava as mãos do seu rosto. Não. Vou escrever um e-mail, algo longo e digno, porque é necessário. Manoel estava calmo e triste. Nos demos um abraço apertado, e em seguida sentamos no banco do terraço, que estava vazio e molhado porque chuviscava. Mas ficamos ali mesmo assim, numa conversa intercalada volta e meia por longos silêncios.

Você e Thomaz são o que um do outro?, perguntou. Ah, só uma boa foda. Ele sorriu e por um minuto pareceu mais animado. Olha só, que orgulho desse desapego todo. É melhor que a inesquecível e insuperável trepada do Davi? Boa piroca? Eu dei risada: sim e sim senhor. Ele às vezes fala uns absurdos, mas ao menos parece autêntico, o que já é um avanço comparado àquela turma do Davi. Tive vontade de completar: a turma que você agora frequenta, mas não disse nada. A partir daí seguiu-se mais um silêncio.

Eu fui demitido do museu. Acho que estava relapso, de saco cheio, saindo todas as noites e aparecendo no trabalho tarde, de ressaca. Nas sextas-feiras nem sequer tirava os óculos escuros no escritório. O curador disse que eu era mais fashionista que historiador de arte. Fiquei constrangida em dizer que eu estava ótima, como se sua ausência tivesse me servido de alavanca por conta de uma certa independência conquistada. Mas ele disse: soube que você está arrasando. Julio te amou, falou que você era incrível, mas já terminamos. É complicado não poder pagar fortunas num jantar com os amigos do boy. Em dado momento ficou muito óbvio o fracassado que sou. Ele estava de cabeça baixa. Ora, Manuca, você não é fracassado porque não pode pagar um jantar num restaurante caro. Dinheiro não significa nada.

Só quem diz isso é quem tem dinheiro, Eva. Você anda de ônibus por opção, não porque precisa poupar para pagar o condomínio. Eu, sim. Manoel fez uma pausa antes de continuar. Meu contrato acabou e estou sem dinheiro para renovar, preferi alugar um quarto num apartamento no centro. E seria o.k. em outras circunstâncias, só que ficar enfurnado num quarto, sem dinheiro ou emprego, pode ser muito deprimente. Nos últimos meses, só fiz merda e agora me sinto um bosta. Eu apertei sua mão com força. Queria responder que ele era a pessoa que eu mais admirava em todos os sentidos, mas sadicamente, numa possível vingança, apenas acendi um cigarro, olhei para a pista de dança através do vidro e não disse nada.

Fiquei ao seu lado o resto da noite, sob a chuva fininha, de pequenas gotas esporádicas, que era suficiente para estragar minha escova e molhar meu vestido de seda, mas ao menos proporcionava um espaço quieto para eu estar com ele. Não pensei em Thomaz, que se quisesse me encontraria sem esforço, e quando começou a amanhecer imaginei que ele já teria ido embora há tempos, sem me avisar, sozinho ou talvez acompanhado de outra pessoa.

Durante aquela semana, chequei meu e-mail a cada vinte minutos, e também interfonava ao porteiro duas vezes por dia perguntando se havia algo para mim. Imaginava que a carta de desculpas poderia vir à moda antiga, manuscrita, ou junto a um presente ou arranjo de flores. Um pedido de desculpas verborrágico era até onde conseguiria chegar perto do que eu mais ansiava: aquele momento em que ele, representado por qualquer pessoa, corre para alcançá-la no aeroporto. *Casablanca*, última cena, e todo filme depois disso. Mas o pedido de desculpas nunca veio.

Com isso, ficou o vão entre os dois momentos distintos da amizade. Se eu olhava suas fotos no Instagram na época da briga, alegres & fervidas & afetadas, sentia raiva. Cicatrizes etc. custam a sarar. Mas esse não perdão, presente o tempo inteiro, também servia para outra coisa. Era a lembrança de que aquele era um ser humano de carne e osso, com ações em desacordo com minha vontade que produziam uma química entre nós dois ao mesmo tempo mágica e destrutiva. Acho que é isso que se chama vida.

Mas não: infinitas vezes eu era, mais uma vez, acometida por esse surto de megalomania de querer ser maior que a vida. E exijo um desfecho, como a carta que ele escreveria a mim que eu mesma já escrevi, com as palavras que eu desejava ler. E ainda: também já havia providenciado minha resposta. Os melhores diálogos são os que eu invento, e tudo que acontece na realidade é só decepção. Assim, eu ignorava a maravilhosa complexidade humana de Manoel, limitando-o a um objeto inanimado e publicitário, que recitava frases imaginárias e ~impactantes~, algumas vezes clichês, outras vezes espertas, mas que sobretudo tinham o intuito de me comover.

15.

Minha mãe veio me visitar em São Paulo. Queria assistir minha formatura. Fiquei algumas semanas com ela, na casa onde passei minha adolescência. Foi muito claustrofóbico. Eu não queria sair do quarto nem para almoçar. Enquanto preparava um lanche na cozinha, ela perguntou: minha filha, você quer que eu te leve a uma ginecologista? De repente seria bom você começar a tomar pílula. Coloquei o sanduíche numa bandeja e me levantei para sair dali e comer no quarto. Eu tomo pílula há cinco anos, mãe, desde que entrei para a faculdade.

No dia da cerimônia fui acordada com a notícia de que meu presente seria um alisamento feito com ervas naturais no cabeleireiro mais caro da cidade. É bom que você aproveita e já vai para a festa de formatura com o cabelo superliso. Você vai ver que o *frizz* vai sumir todo.

Mamãe aproveitou as quatro horas no cabeleireiro para conversar comigo. Perguntou se tenho falado com Stephanie. Ela é de um ótimo meio social, cheio de boas meninas para você ser amiga. Meninas de família, gente do bem. Se você saísse mais com elas, e fosse menos desleixada, aposto que já estaria com um namorado. Mas você prefere ir a essas festas de gay alternativo comunista drogado e usar o cabelo todo estranho de mendigo e fica aí, solteira & sozinha, para o resto da vida. As pessoas devem até pensar que você é lésbica. Mas, bem, é sua opção, meu amor, disse ela enquanto balançava as perninhas cruzadas de maneira fina e coquete. Estou com amigas novas, mãe. Tenho saído com elas, me identifico mais. Uma delas é a Valentina, filha da Ângela.

Essa menina é meio rebelde, não é? Mora no centro da cidade, anda com uma turma de desconhecidos, não mais com as amigas de infância, que são meninas com boas referências sociais, que a gente, afinal, conhece os pais. Coitada da Ângela, nossos conhecidos têm pena dela por ter uma filha tão esquisita. Todos comentam.

Não consigo entender como as outras pessoas, que têm relações familiares bem mais complicadas que as minhas, com pais que recriminam suas escolhas a ponto de as expulsar de casa, algo realmente dramático do tipo, ou, é lógico, situações que resultam em violência física ou sexual, sobrevivem à vida adulta sem traumas significativos, e muitas vezes se tornam até mais fortes. Duas ou três observações desagradáveis, uma palavra monossilábica em tom de veneno, ou ainda menos, um olhar desaprovador, são o suficiente para que eu murche e minha autoestima fique prejudicada pelo resto do dia. A cada encontro, eu só enfraqueço.

Minha mãe olhava a revista de moda, marcava as páginas com as peças que achava interessantes, e nem percebeu que eu chorava. Fui cercada por meia dúzia de assistentes que vinham até mim com ventiladores portáteis. Pensavam que eu estava tendo uma reação alérgica por causa do formol escondido na fórmula do produto e proibido por lei. Meus olhos ardem muito, relatei à dona do salão, parece que minhas pálpebras estão queimando. Recebemos desconto de trinta por cento no tratamento, o que foi efusivamente comemorado por mamãe assim que entramos no táxi.

    Cheguei em casa e fui lavar o cabelo. EVA, gritou minha mãe por trás da porta, essa escova deveria durar mais três dias. Você está jogando dinheiro pelo ralo. A química vai sair toda nessa lavagem e seu cabelo vai secar totalmente cré-cré. Não respondi e liguei a música do celular a fim de abafar os protestos.

16.

Faltava ainda duas semanas de mamãe em São Paulo, mas antes disso decidi viajar para a Ilha Grande com Manoel. Se quiser a gente pode fazer uma nova tentativa, pago um novo alisamento, ao menos na parte de frente do cabelo, para você ficar direita mesmo na praia. Sabe, você fica menos bonita de cabelo natural, mas precisa agradecer a Deus por ter dinheiro para mudar isso. Assim que mamãe disse isso, comprei a passagem de volta para o dia seguinte do seu embarque para Toulouse.

É por isso que você tem todas essas travas e inseguranças, dissertava Manoel, caminhando rápido pela estrada de terra na direção da pousada, como de costume, vários passos adiante de mim, você tem muita necessidade de controle. O cabelo precisa ficar controlado, o peso não pode variar e até sua vida amorosa é tão controlada que nem dá espaço para uma segunda pessoa. Que saco, hein.

Assim que chegamos ao quarto, pequeno e simples, Manoel começou a tirar a roupa parar vestir a sunga e a camiseta. Convenhamos, viver assim deve ser chato pra caramba. Não existe espaço para nenhuma magia. Mas isso tudo vai mudar: quando você entrar em contato com o mar, você vai se entregar à absoluta falta de controle. Mar é transcendência, uma coisa linda. Não é à toa que é esse clichê irretocável.

Eu vesti o maiô, um modelo antiquado, do tipo que uma mãe usaria, todo preto. Para mim era mais constrangedor usar qualquer tipo de traje de banho do que ser flagrada de calcinha e sutiã, ou mesmo nua. Eu consigo transcender sim. Na leitura, na escrita, na noite, na dança, no álcool, na droga. Minhas travas desaparecem, minha comunicação não verbal fica ótima, você sabe disso.

É, concordou, sempre tenho epifanias na pista... Manoel tirava as roupas da mala, perfeitamente dobradas, e pendurava nos cabides velhos do pequeno armário, e falava essas palavras quase para si mesmo, desatento à minha presença, sentada no cantinho da cama. Mas também é muito angustiante perceber toda a sua juventude se esvaindo enquanto você procura aquele restinho de alegria das oito da manhã do *after*... E então ele se virou para mim e disse, forçosamente mais animado: o mar é diferente, é uma transcendência cem por cento benéfica!

Passei o tempo todo agarrada aos mastros do barco que nos levaria à praia de Lopes Mendes, com medo das sacudidas que me molhavam inteira. Em determinado momento, crente que o barco iria virar, quase pulei no colo de Manoel. Eva, está ficando ridículo, disse ele sem alterar a voz ou a expressão corporal, calma e julgadora, você é a pessoa mais sem traquejo praiano que conheço, parece uma suíça.

Chegando lá, mal tive tempo de tirar os livros e revistas da bolsa e deitar na areia. Nada de leitura: agora você vai ser batizada com seu primeiro banho de mar de verdade. Manoel falava isso já despido, fazendo gestos para que eu me apressasse. Eu juro que tomo banho de mar, Manoel, só tenho um pouco de aflição a partir do momento em que a água gelada encosta na barriga. Ele segurou minha mão e foi correndo em direção à água. No início, tive dificuldade de atravessar a arrebentação, com medo das ondas violentas. Mas, logo que consegui furar as ondas, me senti mais segura e, pegando tanto eu quanto ele de surpresa, saí nadando para tão longe que Manoel teve que gritar para que eu o esperasse. Quando estávamos tão no fundo que não conseguia encostar os pés no chão, paramos, e me obriguei a afundar diversas vezes até me acostumar com a situação.

As longas conversas eram entremeadas com um esforço permanente para me manter na superfície, dando um aspecto tragicômico aos desabafos frequentemente interrompidos pelo desespero de afogamento que me acometia de vez em quando. Depois de cinco dias repetindo o mesmo ritual, uma hora me acostumei.

Os anos vão indo embora e, quando olho para trás, não consigo enxergar nada do meu passado que de fato tenha ocorrido, disse enquanto meu corpo era embalado pelas ondas, posso até inventar narrativas psicológicas novas, eliminar toda essa paixão pelo Davi, e por todos os outros antes dele, e dizer que foram só caras com quem transei, e com quem tive apenas uma boa foda. Mudar todo o significado. Como se eu fosse a rainha do sexo casual, *treating boys like toys*, e nada mais. Manoel nadou para mais perto de mim: mas mesmo acontecimentos factuais não existem fora do tempo presente. São fósseis. Qual a diferença entre uma memória e uma fantasia? A memória, em geral, é compartilhada — mas também pode não ser. Se uma das pessoas presentes na história de amor morre, a memória fica pertencendo só ao que sobreviveu e assim mais suscetível a intervenções da ficção. No seu caso, você viveu uma fantasia compartilhada: Davi não só estava ciente dessa história inventada, como também contribuía para ela, dando sugestões, ideias, dizendo todas as palavras que você queria ouvir. Não deixa de ser uma história real, que faz parte de quem você é e que é coerente com sua personalidade.

Você fala assim, e soa tão bonito, mas é como se existissem duas pulsões opostas dentro de mim: uma que busca o amor, a emoção, o real, e outra que quer se livrar do tédio, cria uma trama elaborada e racional, em que sou autora com pleno domínio da história. É como se eu sentisse através do cérebro. Enquanto não resolvo essa equação, fico triste.

Eva. Você não vai se sentir mais assim, essa tristeza vai diminuir a cada ano, eu sei disso. Tenho visto você desabrochar dessa maneira tão linda, e me sinto tão honrado de, longe ou perto, participar desse processo. Eu amo você cada vez mais. Manoel disse isso, e então me senti muito calma, e também feliz. Mas, principalmente, entendi o que ele havia dito como verdade, e isso por si só foi transformador de uma maneira que eu demorei ainda muito tempo para assimilar. É como se a vida se desenrolasse tal qual aquele prédio que está sendo construído na rua de casa: durante meses só enxergamos os tapumes e, de um dia para outro, vários andares se ergueram e já há inclusive vidros na fachada. Mas as fundações são sempre mais demoradas.

17.

Uma hora antes de sair para a festa, lavei o cabelo. Fodeu, acho que não vai dar tempo de secar, gritei do banheiro para Manoel. Relaxa, chegar atrasada é charmoso, disse ele, calmo, sem levantar o tom de voz. Me enrolei na toalha, passei a mousse para dar volume nos fios, o *antifrizz* na raiz, hidratei o rosto e entrei no quarto dele para pôr uma música no computador. Tem certeza que não quer ir? Acho que vai ser divertido. Desde que passamos a dividir um apartamento, Manoel saía pouco de casa, e passava as noites estudando para as provas do mestrado. Estou bonita?, perguntei, me olhando no espelho do seu armário, analisando meu cabelo, mais vermelho que o habitual, formando uma juba cacheada em torno do meu rosto, e meu minivestido justo e preto. Linda, disse ele praticamente sem levantar os olhos do livro, estica as costas e arrasa.

Enquanto voltava para a pequena pista de dança improvisada no jardim, bebendo uma garrafa de vinho e no gargalo, esbarrei com um Davi que sorria simpático e desarmado na minha direção. E veio tentar uma conversa, elogioso e provocativo. Contei a ele dos meus projetos, dos filmes que eu andava escrevendo, do que eu já havia ajudado a escrever e que agora estava em fase de finalização, dos meus planos de mestrado fora do país. Já ouvi falar muito bem sobre esse filme que você escreveu; tenho acompanhado sua trajetória profissional de uma forma que você nem pode imaginar, flertou com segurança.

Por mais que àquela altura estivesse vacinada contra esse tipo de xaveco, principalmente vindo de uma figura como Davi, senti algo mais genuíno naquele interesse. Da minha parte, não fui indiferente ao saber da sua separação, aparentemente definitiva, de Marina. Por um segundo pensei que talvez esse desimpedimento é que tivesse facilitado o novo olhar na minha direção, como não mais a menina da aventura extraconjugal, mas logo considerei esse diagnóstico equivocado. Quem sabe eu estava mais segura, e portanto mais interessante. Ou seria o sucesso profissional e esse novo brilho e notoriedade no meio que ele frequentava? Afinal, ele sempre se importou com esse tipo de coisa. Na realidade, o mais provável é que seja um pouco de cada coisa, em proporções que jamais saberei.

Quando me dei conta, havia terminado toda a garrafa ali, falando com ele, e já estava bem bêbada. Nossa conversa foi ficando cada vez mais corporal: eu tocava seu braço (forte, bom), a perna, mexia no seu cabelo, ao mesmo tempo que jogava minha cabeça dramaticamente para trás numa risada, acariciava meu próprio pescoço, mexia os quadris e rebolava sozinha, mesmo quando a música não pedia esse tipo de movimento. Quando ele foi se aproximando para me beijar, a boca a poucos centímetros da minha, pus um cigarro nos meus lábios pintados de vermelho, risquei o fósforo e disse: preciso devolver esta garrafa, mas não sei se é sensato pegar outra. E virei as costas, batendo o cabelo na sua cara.

Quando voltei da cozinha, encontrei-o sentado no sofá da antessala escura que separava as duas pistas. As luzes de boate nos cômodos ao lado faziam o ambiente piscar e mudar de cor. Ele parecia deslocado, e olhava para o celular triste. Davi, chamei, em pé na sua frente. Ele olhou para cima, com a mesma cara de cachorro pedinte do dia em que nos conhecemos. Coloquei os joelhos no sofá, bem na sua frente e pressionando suas pernas, como se estivesse montada nele, e o beijei entusiasmada. Foi uma pegação boa, mas alguns minutos depois alcancei o celular dele, disse as horas (quatro da manhã) e anunciei: está tarde, vou embora.

Davi, fofinho, insistiu que era perigoso eu andar na rua sozinha àquela hora, e saímos da festa à procura de um táxi. Também estou querendo ir para casa, disse ele, amanhã ainda é quarta-feira. Mas, ao chegar à esquina onde normalmente funcionava o ponto, só encontramos um carro. Davi se adiantou e, confiante, foi logo abrindo a porta para eu entrar. Dividimos?, perguntou, já certo da resposta que teria. Sentei no banco de trás cruzando elegantemente as pernas envoltas na meia-calça finíssima, com um par de escarpins de verniz preto e salto dez centímetros pontuando as extremidades, sorri educadamente e, ao mesmo tempo que estendia a mão para a maçaneta da porta, respondi: acho que não é caminho.

Agradecimentos

Este livro não teria a forma que tem se não fosse a ajuda preciosa de Anna Costa e Silva e Célio Porto. <3

Também gostaria de agradecer as opiniões, ou simplesmente o afeto, de Vladimir Santana, Pedro Jezler, Claudio Seichi Kawakami Savaget, Bettina Birmarcker, e também a Rosário Carvalho, Rita Drummond e minha analista, Patrícia. E a todos os meus amigos de fervo e de vida, que contribuíram, de um jeito ou de outro, para tudo isso.

ESTA OBRA FOI COMPOSTA PELO GRUPO DE CRIAÇÃO EM MERIDIEN E
IMPRESSA PELA PROL EDITORA GRÁFICA EM OFSETE SOBRE PAPEL PÓLEN BOLD
DA SUZANO PAPEL E CELULOSE PARA A EDITORA SCHWARCZ
EM OUTUBRO DE 2015